El secreto de la
Noche Triste

Seix Barral Biblioteca Breve

Héctor de Mauleón
El secreto de la
Noche Triste

Una beata que había muerto de un dolor de costado abandonó el cajón en que acababan de depositarla, y dijo a los dolientes:

—Desde hoy han de llamarme María de la Esperanza de Dios.

Para entonces, una tolvanera negra se levantaba en Texcoco. El aire era tan raudo que las campanas de los templos repicaron solas. En la soledad de la calle, varios perros se juntaron a aullar.

Así comenzó el aguacero del año 1600. Las lluvias que desataron los acontecimientos que yo, Juan de Ircio, vecino y natural de esta ciudad, a partir de ahora me dispongo a contar.

El día de Pascua del Espíritu Santo, un techo de nubes grises cubrió las montañas que cercan México. La lluvia reventó en los montes. Luego, bramó por las cuestas, cubrió las hondonadas, anegó los barrios. Los sacerdotes se apartaron de sus templos para conminar a gritos al arrepentimiento; los frailes avanzaron por el Empedradillo, llevando el Santísimo en alto. La lluvia, sin embargo, no cesó.

Cayó sin tregua esa noche, y la otra, y las dos noches siguientes, hasta que el dique estuvo a un paso de reventar. El cielo escampó cuando iniciaba el quinto día. La mañana sorprendió a la gente rescatando muertos que salían del agua con los ojos blancos. No había ruido en la ciudad. Sólo el goteo de las gárgolas, y un oleaje que pegaba en las puertas como en la quilla de un barco.

El día que la tromba del Espíritu Santo terminó, mi tía, Beatriz de Espinosa, se acercó al balcón para cobijarse en los primeros rayos. De pronto tuvo curiosidad de lo que pudiera oír, y cerró los ojos. En un diario de piel de cerdo que había traído de España, apuntó lo que había escuchado:

Las campanas de los templos, que lúgubremente tocaban a rebato.

El llanto de un niño, y el canturreo de su madre, que pretendía consolarlo.

Ladridos de perros desde todas las distancias.

Las instrucciones que los capitanes daban a los soldados.

La voz de una anciana que imploró: "Habed misericordia de nosotros".

El canto limpio de un pájaro.

Esa tarde, un mestizo recogió una miniatura de oro en la ribera del lago. Aunque las viejas historias sobre un tesoro perdido habían sido olvidadas hacía muchos años, el hallazgo alborotó a los favoritos de la corte, que atravesaron la noche recordando consejas que Francisco Verugo, Juan Galindo y Pedro Dovide, entre otros soldados de Hernán Cortés, alguna vez habían contado.

Nadie imaginaba entonces que la muerte atravesaba apenas las garitas de la ciudad. Que iba a recorrerla entera durante las noches negras que siguieron.

La historia sobre el tesoro perdido comenzó a escribirse ochenta años antes de la tromba, el 30 de junio de 1520, cuando Hernán Cortés comprendió, en junta de capitanes, que había llegado la hora de abandonar Tenochtitlan. Los indios que meses atrás lo cubrieron de joyas, de plumas, de presentes, sitiaban ahora las casas de Moctezuma, donde Cortés había instalado su cuartel general: no tardarían en derribar las puertas, para pasar a cuchillo a los españoles.

Un astrólogo que andaba con las tropas, Blas Botello, auguró que la salvación dependía de salir esa misma noche. En un libro lleno de cifras, signos, rayas y apuntamientos —con el que tiraba la suerte a cada paso—, había descubierto que postergar la huida significaba la muerte "a manos de estos perros".

Cortés creyó en sus palabras. Hizo reunir en una sala el tesoro saqueado a la cámara real del emperador Moctezuma —"todas las cosas que bajo del cielo hay", escribió después—, entregó el quinto del rey a los capitanes Alonso de Ávila y Gonzalo Mejía, cargó lo que pudo en una yegua morcilla, y luego repartió el resto entre sus soldados.

La salida general de las tropas se verificó a la medianoche. Se dice que llovía con fuerza, que la oscuridad apagaba el brillo de las armas. Tenochtitlan había quedado desierta (los indios velaban el cuerpo de Moctezuma, a quien su propio pueblo había apedreado), pero una mujer advirtió la maniobra, y alertó a los mexicanos. Los guerreros cayeron sobre la columna, haciendo sonar sus espantosos caracoles.

La matanza comenzó en el primer puente. Ávila y Mejía perdieron el oro en el segundo. Torrecicas, criado de Cortés, extravió la yegua en el tercero. Agobiados por el peso de tanta riqueza, ochocientos españoles, entre los que iba el astrólogo Botello, encontraron la muerte en México-Tacuba.

El tesoro perdido nunca apareció. Ese fue el principio de la leyenda. La causa por la que un año más tarde, entre la ruina humeante de Tenochtitlan, los conquistadores derramaron brea ardiente sobre los pies y las manos de los señores aztecas.

Yo era un niño cuando oí esa historia, y quien me la contó fue un viejo. En la plaza le llamaban el ciego Dueñas. Alguna vez se le tuvo entre los más diestros en el uso de la espada (cierta noche enfrentó a tres hombres y logró salir ileso de la calle de las Gayas), pero en tiempos del marqués de Falces una flecha le atravesó el casco, y aun parte de la calavera, dejándolo impedido para ver, entre otras calamidades del mundo, el cruento fin de las guerras chichimecas.

La vida, desde entonces, se le fue en las calles, recordando gestas y hablando ruindades, mientras esperaba que el Cabildo tomara en cuenta sus viejos servicios y lo favoreciera con alguna merced. Mas como el Cabildo no favorecía otra cosa que la desmemoria, el ciego gozaba de tiempo suficiente para enterarse de cuanto sucediera, o hubiere sucedido, en la Nueva España. Tanto esfuerzo dedicaba a la tarea, que alguna vez oí decir a mi padre que nadie en el virreinato sabía tantas cosas del cielo y de la Tierra.

La edad del ciego Dueñas abarcaba seis virreyes, tres fiebres virulentas y cuatro pestilencias universales. Estuvo en Catedral cuando Pedro Moya de Contreras estableció el Santo Oficio, y treinta años después seguía resintiendo la zozobra que entró en los corazones cuando el inquisidor mayor mandó jurar a los fieles no consentir herejes, sino denunciarlos. Las grandes quemazones que presenció a partir de entonces le hacían recibir el alba de rodillas, empeñado en lavar quién sabe qué antiguos pecados.

Noche a noche, cuando la calle olía a castañas y las vendedoras de vino caliente acercaban la primera lumbre a la entrada de sus casas, un aldabonazo duro atronaba en nuestra puerta. El ciego Dueñas cruzaba el zaguán, bebía vino tibio, recibía de mi tía doña Beatriz algunos cuartos lisos, y luego iniciaba el recuento de los hechos más notables que hubieran sucedido en la jornada:

—Cayó un rayo en el hospital del Espíritu Santo y mató a un enfermo convaleciente de tabardillo.

O bien:

—Parió una mujer española a una criatura con cabeza de león. Los médicos la llevaron ante el virrey, para que la viera ya muerta.

Una noche nos dijo:

—Llegaron de Campeche sesenta hombres flacos. Vienen de batir en la villa a una escuadra pirata. Han traído setenta mil doblones rescatados en batalla. El capitán es Diego Mejía, al que se daba por muerto desde hace tres años.

Doña Beatriz de Espinosa llegó a la capital de Nueva España el 26 de marzo de 1597, tres años antes de la inundación, en una carroza que entró por la ermita de San Antonio. No queda en el mundo imagen alguna de ella. Yo sé que era imposible mirarla sin que su rostro quedara grabado a fuego en la memoria.

En los arcones de la ropa blanca traía un ejemplar roto y descosido de los diálogos latinos que el doctor Francisco Cervantes de Salazar compuso en 1554. Y sin embargo, mientras miraba desde las ventanillas el contorno de los edificios que a partir de entonces le tocaría habitar (mi madre había muerto durante las fiebres malignas, mi padre le escribía rogándole que me educara), doña Beatriz debió sentirse atemorizada. La ciudad que el doctor Cervantes cantaba en sus diálogos, con su Plaza Mayor sin paralelo en el mundo, con sus calles amplias y bien trazadas, con sus elevados palacios de tezontle rojizo y sus frescos paseos de aroma perfumado, era en realidad un albañal inmundo. Los menesterosos se lanzaban contra los carruajes, exhibiendo sus mutilaciones. Indios, negros y mulatos, se embriagaban con pulque en los tendajones. Criollos y gachupines escandalizaban en carreras, palenques, corridas de toros y juegos de naipes. Las espadas brillaban con cualquier motivo. Cada noche resultaba un muerto en peleas de taberna o en querellas dirimidas en casas de mancebía.

Las plantas del lago apestaban en las secas. Los canales, menguados, se llenaban de basura y animales muertos en los meses cálidos. En las calles donde había mataderos, zahúrdas y pescaderías, el aire esparcía su putrefacción amarga. No había quién se supiera a salvo del tabardillo, las calenturas podridas, las fiebres malignas y las disenterías.

La primera noche que pasó en la ciudad de México, doña Beatriz abrió el diario de piel de cerdo que había traído de España. Después de remojar la pluma, escribió: "El doctor Cervantes creyó que en México se había juntado cuanto hay de notable en el mundo. Para mí, la Roma del Nuevo Mundo haría llorar a Vitruvio".

Los cronistas suelen olvidar la inundación de 1600. Prefieren ocuparse del desastre de 1629, que provocó la ruina absoluta de las casas, y las dejó sepultadas bajo el agua durante los cinco años siguientes. Sin embargo, la inundación del Espíritu Santo causó también muchos males. En el fondo, la culpa es del olvidado Francisco Cervantes de Salazar que, como decía su impresor, Juan Pablos de Brescia, tan erudita y copiosamente describió en sus diálogos latinos a la ciudad de México. Venido de España para profesar en la Universidad la cátedra de Retórica, en 1554 Cervantes entregó a la imprenta un *Commentaria* a la obra de Luis Vives, acompañado por tres diálogos "escritos por él mismo para uso de los estudiantes". Celebrados por todos en su tiempo, los diálogos describían la juventud de una ciudad que, al igual que Cristo, acababa de cumplir treinta y tres años. Por desgracia, no todos los ejemplares llegaron a nuestro tiempo. Cuando mi padre escribió a doña Beatriz para pedirle que me educara, tramposamente añadió a su carta uno de los pocos volúmenes que aún se conservaban: un libro en octavo que había heredado de su padre, Martín de Ircio.

Educada por maestros particulares, y condenada —cual quería Lope— a vivir entre la labor y el libro, mi tía devoró en un tris los diálogos de Cervantes, cerró el volumen con la imaginación exaltada por la belleza de las descripciones, y una tarde en la que el otoño batía las primeras hojas, abandonó Castilla para afrontar la espuma y la mar salada.

La mañana de mis doce años fui enviado a San Pedro y San Pablo para estudiar gramática y retórica, cosas que a nadie le importaban. Como mi padre pasaba la mayor parte del tiempo atendiendo la mina que tenía en Zacatecas, yo solía pasar las tardes leyendo el *Amadís* en la Tlaxpana, viendo marchar las fuerzas en las calles, y escuchando las historias truculentas —de vivos, muertos y aparecidos— que cada día eran contadas en las alacenas de chinos de la plaza. Desde la muerte de mi madre se me permitía asistir a la Comedia, donde, según mi padre, aprendería a reconocer el mérito de las piezas. Pero yo prefería demorarme en la plaza, ver las ensaladas de Fernán González ("¿Qué es cosa y cosa: / entra en la mar y no se moja?"), presenciar "las conquistas" de moros contra cristianos, recorrer las coheterías de San Pablo, y detenerme en las tiendas de miel y azúcar, en las variadas chocolaterías que, al caer la tarde, llenaban de humo aromado la esquina del templo de Portacoeli.

Todo esto terminó de golpe cuando mi tía bajó de la carroza dorada y protestó por la peste que, en el mes de marzo, envolvía las calles con su insoportable manto. Luego de asistir a los templos para dar gracias por haber llegado salva, de seguir el recorrido de Zuazo, Zamora y Alfaro (los personajes de Cervantes de Salazar) para comprobar si "todo México es ciudad y toda es bella y famosa", decidió que en estos rumbos no hallaba más que "tianguis, almoneda y behetría", y se encerró en un salón acojinado desde el que agobió mis tardes con la lectura de himnos, epigramas, ruedas, laberintos y otros géneros de versos exquisitos. Antes de mandarme a la cama a leer el *Flos Sanctorum* y otras vidas de santos, me obligaba a componer y recitar en público toda suerte de piezas en verso o en prosa. Mi único contacto con el siglo comenzaba con el golpe que al venir la noche daba en el portón el ciego Dueñas: un instante de libertad que yo sentía resquebrajarse poco después, cuando el viejo se hundía en la oscuridad, tentaleando las paredes negras.

Fue en esas que el cielo se turbó, cayó la lluvia, y sobrevino la inundación del Espíritu Santo. Una gotera quedó encima de los diálogos del doctor Cervantes: al quitar los gruesos forros del libro para que la humedad no dañara las hojas, doña Beatriz halló entre las pastas un lienzo viejo y deteriorado. El retrato de un caballero de barba rubia, ropaje negro y mirada aviesa, a cuyos pies podía leerse este apellido: "Alderete". Bajo el rótulo, aparecía una inscripción extraña. Era la siguiente:

CGIRANCIACSAMRLJAMCEOS

No logramos entenderla, pero no hacía falta: esa misma tarde, la fatalidad nos había alcanzado.

Días después del fin de la lluvia, el arzobispo y las órdenes religiosas decidieron salir en procesión para atraer el perdón divino. Enarbolando teas encendidas, recorrieron con el agua en los tobillos la ciudad desvanecida y deshecha. Mientras sonaba, lúgubre, la música de los tambores, la gente caía de rodillas con la cabeza descubierta. Las iglesias se llenaron de rezos. Los altares se poblaron de cirios. Pero el diablo andaba suelto en Nueva España.

A mediados de abril, apareció muerto de una herida en la garganta Juan Fernández de Maldonado. Lo hallaron en la calle de la Joya, envuelto en un charco de lodo en el que se disolvían los últimos restos de su sangre. Se le tenía por necio, y también por desarreglado. Era nieto del conquistador Pedro Suárez de Alcántara y se había labrado una fama turbia al dilapidar por completo su fortuna en carreras de potros y juegos de gallos. Su muerte fue entendida como una señal: Dios no iba a perdonar a la ciudad que tan desenfrenadamente se había entregado al vicio, al lujo desmedido, a la lubricidad, "nombre favorito del diablo".

Esa muerte fue el aviso de lo que vino después.

Porque unos días más tarde, un forastero amaneció asesinado a estocadas en la calle de Tacuba (y los alguaciles se extrañaron de que no le hubieran quitado las armas, el dinero, ni el caballo).

A partir de entonces, comenzaron a aparecer en ciertas calles despojos de ratones a los que, decían, "les habían chupado la sangre". La gente habló de bolas de fuego, de llamas azules que a la medianoche crepitaban bajo la horca de la plaza.

Para nosotros, lo peor sucedió el 25 de mayo, día que amaneció triste y nublado. Durante mucho tiempo pensé que si aquella tarde hubiera vuelto a llover, todo habría resultado distinto. Hoy entiendo que no. La rueca había trenzado sus hilos.

Esa tarde, el virrey recibió en su salón a las fuerzas que habían batido a los piratas en Campeche. Le regaló al capitán, Diego Mejía, un collar de albricias, y ordenó una función en la Catedral para dar gracias por la victoria en que fueron apresados cien piratas ingleses. Se extendió la nueva de que habría carreras frente a Palacio, y muchos tablados en la plazuela. Doña Beatriz, que hundida en su labor había pasado los días sin acercar los pies a la puerta ("menos que a entrada de virrey no salgo", acostumbraba decirnos), repentinamente mudó de humor, se cubrió el rostro con una mantilla, y me arrastró del brazo hasta la plaza, donde a pesar del cielo amenazante se arremolinaban trajes, vestidos y carrozas.

Esa fue la tarde en la que el capitán Diego Mejía montó el caballo del virrey y venció a los condes de Salvatierra, uno de los cuales se quebró una pierna. Esa fue la tarde en la que mi tía escribió:

Amor, yo no pensé
que tan poderoso fueras
hasta agora que lo sé.

Al terminar el mes ahorcaron en la plaza a cinco ladrones ganzueros y una mestiza fue azotada por encubridora. Ese día hubo un temblor que duró tres credos. Varias casas cayeron. En la Catedral, fray Pedro de Córdova descubrió al Santísimo, y anunció que el tiempo estaba cerca.

En el diario de doña Beatriz se lee que el 27 de mayo de aquel 1600, alguien denunció al Santo Oficio a una mujer a la que habían sorprendido escarbando de noche en un solar.

—Malos tiempos vienen —dijo mi padre.

Y malos tiempos vinieron.

La ciudad, herida por el agua, y vuelta a castigar por el temblor de tierra, se dedicó a buscar a la bruja que escarbaba de noche para chupar la sangre a los ratones.

Un domingo, muchos años atrás, los inquisidores Alonso Peralta y Lobo Guerrero entregaron al brazo secular a siete herejes de la familia Carvajal. El virrey había ordenado que vulgo y nobleza acudieran a la plaza "a tomar ejemplo". No se movía una mosca cuando el corregidor dejó caer la sentencia: "Que los Carvajal sean quemados vivos y en vivas llamas, hasta que se conviertan en cenizas, y de ellos no haya ni quede memoria". Aferrado a la capa de mi padre, vi danzar la carne en el Quemadero. No olvido los gritos, los sollozos, el clamor de la gente. Ese domingo no hubo Comedia, ni corrida de toros, ni ruido alguno en la plaza. Volvimos de San Hipólito con el olor de la leña metido en la ropa, comiéndonos la garganta. Afuera caían las sombras, ladraban los perros. Nos pasamos la noche a oscuras, encerrados con llaves, cerrojos y trancas.

La lengua es el único instrumento cuyo filo aumenta y se hace más hiriente a lo largo de los años. Ahora, todo aquello regresaba. Se hablaba de mujeres que volaban por el cielo; de gente que escupía de noche sobre la cruz; de herejes que rezaban a Adonai y practicaban ritos prohibidos. De juntas y reuniones en las que los indios y los negros adoraban dioses extraños.

Una tarde, al terminar la misa, el ciego Dueñas oyó que la gente hablaba de la beata que había salido del mundo, y regresado el mismo día, después de haber muerto de un dolor de costado. Antes del anochecer, la multitud se agolpaba en el atrio, acusándola de hacer pacto para vencer la muerte, detener la lluvia, oscurecer el sol y revolar de noche.

Cuando el chisme llegó a Santo Domingo, una calesa verde salió de las cocheras de la Inquisición. Y sin embargo, por más que revolvieron el *Malleus Maleficarum*, los alguaciles no dieron con indicio alguno que condenara a la beata. Después de examinarla durante varios días, de que comparecieran testigos, vecinos, médicos e incluso boticarios, el licenciado Lobo Guerrero admitió que no podía encontrar en ella ni bondad ni maldad alguna: la reprendió gravemente por su costumbre de comulgar varias veces al día, la amenazó con la hoguera si persistía en la creencia de que la Virgen le contestaba, y la envió de vuelta a la vecindad de la que, con gran concurso de gente, la habían sacado a rastras.

De ese tiempo son los versos burlones de González de Eslava:

El Lobo es lobo en el nombre:
Dentro, cordero benigno.

El fallo del inquisidor, sin embargo, no menguó las murmuraciones. Se decía que la beata aclaraba el futuro con sortilegios y agüeros, que ligaba y desligaba corazones, que confeccionaba filtros, y que realizaba cercos. Muchos nobles comenzaron a visitarla en secreto: le atribuían el poder de curar los males echando una cierta rosa en agua. En las alacenas de chinos oí decir que tenía espejos en las uñas, y que, mirándose en éstas, podía dar alcance a los secretos de Dios.

Vino así una noche en la que el ciego Dueñas nos dijo que el desconocido asesinado en Tacuba, y al que los verdugos habían dejado las armas, el dinero y el caballo, era descendiente en tercera vida de Gonzalo Guzmán, uno de los hombres que en 1521 ganó la ciudad al lado de Cortés. Recién llegado al virreinato, no se sabía si procedente del Perú o la Guatemala, el hombre había rondado por calles y plazas, con la intención confesa de comprar libros nuevos y antiguos. Una noche anduvo recorriendo figones y tabernas. Fue lo último que de él se supo, antes de que una estocada le sacara el alma.

—La gente anda tomada del diablo porque, con Guzmán y Fernández de Maldonado, suman ya dos criollos muertos por estoque en la garganta —nos dijo el ciego.

Luego, murmuró una cosa extraña:

—Hace treinta años comenzaron a morir los hijos de los conquistadores. Quiera Dios que la guadaña no dé en caer ahora sobre sus nietos.

Doña Beatriz volvió los ojos al cielo, convencida de que nos acercábamos al fin del tiempo: ese día, una mujer acababa de ser destrozada por un perro rabioso en el barrio del Carmen, y una monja aseguraba que una lámina de Cristo había empezado a sudar en la iglesia de San Francisco.

—No es posible detener la sombra —había sentenciado, en el sermón de esa mañana, fray Pedro de Córdova.

Ya se sabe: las cosas tardan más en ser dichas que en llegar. El día de San Fernando, el cadáver de un hombre amaneció flotando en la calle del Agua. Cuando llegó la noche, y cruzó el zaguán, y comenzó a sorber despacio un vaso de vino tibio, el ciego Dueñas me dijo:

—No hace falta preguntar en qué parte del cuerpo recibió la estocada. Tampoco, inquirir el nombre del difunto. Era nieto del conquistador Solís, al que apodaban *Tras-de-la-puerta*.

Tres muertes son muchas en una ciudad a punto de arder. Los criollos las achacaron al odio feroz de los españoles: a la rabia y la envidia con que recorrían las calles de la suntuosa Nueva España, ambicionando para sí los bienes y la honra que poco habían hecho por ganar. Bastaba que dos criollos se encontraran en alguna esquina, para que empezaran a maldecir a los advenedizos que, sin otra hazaña que la de cruzar el océano, se creían con derecho a arrebatar "la tierra que nuestros abuelos conquistaron con su sangre". Un poeta cuyo nombre jamás fue conocido, se dio a la tarea de poblar varios muros con versos que satirizaban a los gachupines:

Viene de España por la mar salobre
a nuestro mexicano domicilio
un hombre tosco, sin algún auxilio,
de salud falto y de dinero pobre.
Y luego que caudal y ánimo cobre,

le aplican en su bárbaro concilio
otros como él, de César y Virgilio,
las dos coronas de laurel y robre.
Y el otro, que agujetas y alfileres
vendía por las calles, ya es un conde
en calidad, y en cantidad un Fúcar;
y abomina después el lugar donde
adquirió estimación, gusto y haberes:
¡y tiraba la jábega en Sanlúcar!

Los más osados nativos de la tierra seguían por la calle a los gachupines, lanzándoles injurias, burlas y gargajos. Hubo tantas querellas, se vieron brillar tantas espadas, que el día del entierro del nieto de *Tras-de-la-puerta* las tropas salieron a la calle con las armas en uso de pelear, y de ese modo acompañaron el cortejo de cincuenta coches que llevó los restos hacia el camposanto.

Con pretexto de aplacar la intensa sed de noticias que estos acontecimientos despertaban en doña Beatriz (temía que los criollos se alzaran y vinieran a tumbar las puertas de la casa con ánimo de asesinarla), una tarde abandoné los libros y me encaminé a la plaza. Los criollos se amontonaban a las puertas del Cabildo; decenas de ellos solicitaban audiencia en los alrededores del palacio. La ciudad estaba revuelta. En todas partes se hablaba de Martín Cortés, de Alonso de Ávila, de Gil González... de los hijos de los conquistadores que treinta años antes fueron acusados de conspirar contra el rey, y a los que luego se castigó con la muerte, la cárcel o el destierro. Oí hablar de los criollos cuyos bienes fueron confiscados para ejemplo y memoria de los habitantes del virreinato, y de las cabezas que, después de cortadas, fueron clavadas en el Cabildo, hasta que los cuervos las devoraron, y la lluvia las desmoronó, y el tiempo las convirtió en polvo.

Escuché hablar, en fin, de la poca justicia que desde entonces el rey hacía a los novohispanos, tratándonos de apestados, sometiéndonos a duras leyes que nos arrebataban los bienes, las haciendas, los vasallos.

—La Corona quiere extinguirnos, como un mal día extinguió a la generación terrible de nuestros padres.

Volví a la casa con la boca seca, temblando. Había visto muchas veces los devastados solares donde alguna vez se alzaron las casas de los conspiradores de 1566; en algunos, aún se podía leer con letra grande: "Ésta es la justicia que manda hacer Su Majestad". Cualquiera sabía que en esos baldíos se habían erguido mansiones ilustres que fueron derrumbadas y sembradas con sal para que nada volviera a crecer dentro de ellas. Cualquiera sabía que el odio estaba vivo, que no existía la calma en Nueva España.

Esa noche, en el quicio de la puerta, le dije al ciego Dueñas lo que había escuchado.

—La maldición está alcanzando a la tercera generación —contestó con voz lúgubre—. La maldición que los señores aztecas lanzaron sobre nosotros, a fin de hacer un infierno cuanta vida creciera en esta tierra.

Pensé en los solares sembrados de sal. Parecía que en ellos nadie hubiera gritado o reído jamás.

El ciego agregó:

—Y sin embargo, en el fondo de esto hay algo más. Me lo dice esa estocada que los tres muertos andaban luciendo en la garganta. Si un alguacil me preguntara, le diría que no cualquiera es capaz de lograrla: requiere fuerza, precisión, limpieza. Es menester sacarla de la nada. Si alguien me lo preguntara, le diría también que la última vez que la vi hacer ocurrió hace más de treinta años en la calle de las Gayas.

Por esos días de revuelo y confusión llegaban a toda hora noticias sobre milagros realizados por la beata. Había sanado a un español moribundo que escupía tierra. Había aliviado a una negra que hacía visajes y vomitaba trozos de vaca. Había curado con sebo, hierbas y avellanas, los dolores de un viejo con los pies entumecidos. Había revelado, incluso, el sitio donde se hallaba un crío que llevaba varias horas perdido. Antes de salir de España, mi tía tuvo noticia de los iluminados de Llerena, que tenían revelaciones y gozaban de santidad; seguía recordando la fama de Pedro Ruiz de Arcaraz, que se preciaba de hablar con la Virgen y conocer cuanto hubo en el pasado y habría en el futuro. Una noche en que el ciego Dueñas se retiraba, doña Beatriz lo detuvo en la puerta para pedirle que mostrara a la beata el retrato del caballero que habíamos encontrado en el libro del doctor Cervantes. Mi padre ignoraba por qué aquel volumen se encontraba entre las cosas dejadas por mi abuelo;

mucho menos podía dar razón de la manera en que el lienzo había llegado a las tapas de los diálogos latinos.

—Que la beata nos diga, si Dios es servido, a quién pertenece el retrato, y qué significan las letras pintadas bajo su nombre…

El ciego repuso que era mejor irse a dormir con las ánimas del purgatorio. Que prefería ser llevado a la horca, antes de acercarse a esa bruja que devoraba ratones y aullaba de noche en la plaza.

Doña Beatriz replicó:

—Si así fuera, no habría salido viva de la Inquisición —y puso en sus manos unas monedas de plata.

En cuanto el ciego salió, quise hablarle a mi tía de los espejos que tenía la beata en las uñas, y del potro que en las cárceles secretas aguardaba para desgarrar las carnes de los herejes. No atendió a mis prevenciones: alegó que el licenciado Lobo Guerrero había declarado inocente a la vieja, y que pecado era preguntar al diablo, y no pedir los pareceres de los santos.

Durante los días que siguieron, temí que a cada golpe dado al portón el Santo Oficio viniera a prendernos. Doña Beatriz me tranquilizó: ¿no era cierto que caballeros y damas ilustres acudían diariamente ante la beata para tratarse males que los sabios no curaban? ¿Qué daño podía hacerse al preguntar sobre un trozo de lienzo arrugado, unas letras indescifrables que acaso no representaban sino un disparate? Aún más: ¿no estaba la Nueva España llena de ilusas y alumbradas que elevaban rogamientos y efectuaban curaciones que la Inquisición toleraba?

Temeroso y cabizbajo, atravesé días que me parecieron horrendos. Mi miedo se desvaneció cuando el ciego Dueñas trajo la respuesta. La beata mandaba decir que no era necesario consultar a la Virgen para tener noticias del caballero pintado en el lienzo. Ella misma lo había visto varias veces en un cuadro muy antiguo que colgaba en Santa Cruz de Tlatelolco.

Al día siguiente, muy temprano, Doña Beatriz hizo preparar la carroza. Tomamos camino hacia el norte, abriéndonos paso entre una multitud de coches que hacía lenta y fatigosa nuestra marcha. Con la nariz envuelta en un pañuelo empapado en benjuí, que le ayudaba a disipar la peste intolerable de la calle, mi tía quiso entretenerse buscando las siete "ces" que, según el poeta Juan de la Cueva, era común encontrar en la ciudad de México: calles, calzadas, caballos, carrozas, canoas, capas negras y criaturas. Sólo consiguió aburrirme. Cuando la ciudad quedó atrás, vi que una banda de pájaros revoloteaba bajo las nubes, formando listones negros. Fue la última imagen de mi infancia. El modo en que comenzó mi mocedad.

La iglesia de Santa Cruz de Tlatelolco carecía de la competencia que tiene la que, años más tarde, fue dedicada en el mismo sitio. Sólo había algunas pinturas de Baltasar de Echave, *El Viejo*, y un conjunto de cuadros anónimos, que recreaban las guerras de conquista de Cortés.

En la nave, unos cuantos indios colocaban velas a los pies de los santos. Una línea de luz caía desde la linternilla, arrancando fulgores al altar mayor.

Mi tía deambuló por las penumbras de la iglesia, analizando las escenas contenidas en los cuadros: el desembarco de tropas en la Veracruz, la matanza de indios en Cholula, el encuentro con Moctezuma en Iztapalapa, la carnicería que Pedro de Alvarado desató en los templos de Tenochtitlan, las desventuras de la Noche Triste, el asalto final a la ciudad, y la Redención que trajo a los indios el padre Zumárraga.

Desde el primer momento, las figuras que desfilaban ante mis ojos, el remolino de rostros que parecía aullar desde los lienzos, me estremeció. Las llamas, el humo, la sangre, los juegos de luz, las sombras que conformaban la belleza interna de los retratos, despertaron algo que me luchaba adentro. Tuve frío. Casi diría que volví a temblar. Pero la tarde transcurría sin indicio alguno de lo que buscábamos. De pronto, doña Beatriz lo encontró.

Reconocí el traje negro, la cabellera rubia. Ahí estaba el caballero cuya efigie habíamos hallado en el libro del doctor Cervantes. Una inscripción lo identificaba como "Don Julián de Alderete". Aunque la figura era idéntica a la pintada en el lienzo que doña Beatriz llevaba entre las manos, el personaje formaba parte, ahora, de un trabajo mayor. No estaba solo. Puedo recordarlo como si aún lo tuviera enfrente: se hallaba dentro de un cuadro que representaba el tormento de Cuauhtémoc. El rey azteca se hallaba desplomado en un solio, mientras un soldado le exponía los pies a fuego manso. A los lados: Cortés, de armadura oscura; y un puñado de personajes a los que identificaban pequeños letreros: un maese Juan, un boticario Murcia y un barbero Llerena. Aparecían, también, un religioso de nombre Olmedo, un capitán Alonso de Grado, y un factor Bernardino Vázquez.

Don Julián de Alderete señalaba a Cuauhtémoc con un dedo, disponiendo la aplicación del tormento. Cortés miraba a Alderete con una mezcla de odio y vergüenza, y apuntaba hacia el soberano con los dedos índice y medio. Cuauhtémoc, con el rostro iluminado por el resplandor del fuego que lo atormentaba, resistía el castigo en silencio: con una especie de majestad trágica, señalaba con tres de sus dedos hacia el horizonte.

Doña Beatriz frunció el ceño. De pronto, alegando una repentina necesidad de confesión, salió en busca del párroco. A mí, en tanto, me dejó en la sacristía, entre santos de mirada airada y sillones olorosos a incienso. El sol languidecía en el atrio; una cortina espesaba el curso de la luz. Fue entonces cuando todo cambió. Primero se escucharon unos pasos, después se abrió la puerta de la sacristía, y una sirvienta india, bella como un chalchihuite y como un zafiro, entró para dejar los alimentos del cura.

Si hubiera atendido a los libros que me recetaba mi tía, si hubiera leído a don Fernando de Rojas, si hubiera seguido el consejo que Sempronio entregó a Calixto ("lee los historiales, estudia los filósofos, mira los poetas"), habría estado a tiempo de entender lo que, de Salomón a San Bernardo, gentiles, judíos, cristianos y moros, gritan en setenta y dos lenguas: "Cuídate de sus viles y malos ejemplos, de sus mentiras, sus tráfagos, sus cambios, su liviandad, sus lagrimillas, sus alteraciones, sus osadías, sus disimulaciones, su lengua, su engaño, su olvido, su desamor, su ingratitud, su vanagloria, su abatimiento, su locura, su desdén, su soberbia, su sujeción, su parlería, su golosina, su lujuria, su suciedad, su miedo, su atrevimiento, sus hechicerías, sus embaimientos, sus escarnios, su deslenguamiento, su desvergüenza y su alcahuetería".

Mas no era mi ventura gozar de esa felicidad. Escrito está que hemos de empezar por el extremo equivocado.

La india me saludó con una inclinación, dejó los alimentos sobre una cómoda, y luego fue hasta la cortina, para descorrerla. Entonces sucedió lo que sólo pasa en los libros prohibidos: la descorrió con tal presteza que el fleco de su rebozo atoró, y éste cayó al suelo, y dejó al descubierto un seno vivo y palpitante. Una exclamación se ahogó en mis labios: un fuego secreto se encendió, "como si una diáfana Troya me quemara".

La india alzó, como pudo, el rebozo, y huyó de la sacristía sin mirarme.

Doña Beatriz regresó con el semblante adusto, no por la gravedad de la penitencia que el sacerdote acabara de imponerle, sino porque sus indagaciones alumbraban poco el enigma de Alderete. El cuadro, dijo, era obra de un artista anónimo, fallecido en los años de la fundación del colegio. No había estampado su firma en la pintura; sólo había dejado una letra, tal vez una inicial: una pequeña "D" garigoleada, que el tiempo iba haciendo invisible. Nada nos aclaraba por qué una copia fiel de aquel retrato había sido guardada en las tapas de un libro que la imprenta de Juan Pablos había editado en 1554. Nada nos explicaba por qué esa copia poseía un letrero incomprensible —que por otro lado no existía en el lienzo original.

Y es que las cosas ocurren como si la vida careciera de centro. Suceden, aquí y allá, sin que podamos entenderlas. No las vemos con claridad hasta que presentimos la inminencia del abismo.

Mientras la carroza brincaba de vuelta por las veredas, doña Beatriz siguió parloteando. No la escuché. Al acercar el rostro a la ventanilla, para que el aire me lo apaciguara, hallé por primera vez un cielo distinto. El apretado firmamento del que nos habla Petrarca.

Ese fue el año en que abandoné San Pedro y San Pablo para estudiar el arte de don Andrés de Concha. Fue el año en que me convertí en aprendiz de pintor.

Pero eso ocurrió después, cuando el poeta Arias de Villalobos nos habló de Alderete, y yo volví a Tlatelolco para copiar la pintura y perseguir la imagen que me torturaba.

En el aniversario número veintitrés de mi tía, mi padre hizo llevar a la casa a los músicos de Catedral. Se repartieron dulces cubiertos y se bailaron gigas y gallardas. Cuando la danza terminó, mi padre le pidió al poeta Arias de Villalobos que leyera alguno de sus versos.

Poeta afortunado en certámenes y escritos por encargo, Arias conocía las gestas del pasado como si en ellas hubiese participado. Era el primero en llegar a la plaza cuando venían los cajones de libros, y tenía la costumbre de merodear las imprentas para comprar todo cuanto éstas escupieran: doctrinas, relaciones, historiales, florestas, gramáticas, retóricas. Tal era su manía por la lectura, que se decía que los libros, después de Dios, eran las únicas cosas que le importaban.

"Yo no soy de este siglo —acostumbraba decirnos, con la vista iluminada por un resplandor sombrío—, todavía tengo un pie en el antiguo, de lo que resulta que todo es extraño ante mis ojos".

Afirmaba también: "Nada que dure menos de mil años posee para mí valor alguno…".

La tarde del festejo de mi tía, el poeta llevaba en el bolsillo un fragmento del *Canto intitulado Mercurio*, que recreaba la huida de Cortés, la muerte de las tropas en los puentes de México-Tacuba:

Noche infeliz, amarga y desabrida,
tu memoria las almas entristece;
pues nombre se te dio de Noche Triste,
nunca se fuera el sol cuando viniste!
(…)
Aquí perdió Cortés, en grande ultraje,
con la reputación, todo el tesoro,
los tiros, prisioneros y fardaje,
y la ciudad, que es causa de más lloro…

Pálido, alto, joven aún, con el aspecto de un monje que acabara de escapar del seminario, Arias leyó sus versos con voz pausada y cortante. La lectura provocó que el resto de la tarde los invitados recordaran las fatigas de esos días calamitosos. Doña Beatriz le preguntó al poeta qué sabía de un caballero llamado Alderete. Arias le respondió:

—Que los soldados más viejos solían exclamar al oír su nombre: "Mal fuego le queme".

Por Arias de Villalobos supimos que el hombre cuyo retrato había aparecido en los diálogos del doctor Cervantes llegó a Nueva España en 1519, a bordo de las naves de Pánfilo de Narváez. No tuvo brillo ni honra en la guerra de conquista (de hecho, una ineptitud suya estuvo a punto de cobrar gran número de vidas durante la huida por México-Tacuba), pero adquirió un papel significativo luego del 13 de agosto de 1521, cuando la ciudad fue vencida, y de ésta no quedaban sino ruinas ardientes.

Bajo la luz parpadeante de las bujías, mientras nuestras sombras bailaban en las paredes como si estuviesen vivas, Arias de Villalobos trajo del pasado una historia subyugante, misteriosa y sombría:

Un día después de ganar la ciudad, Cortés se dio a la tarea de buscar los tesoros perdidos durante la huida. Lo que al final se encontró no fue ni la décima parte de lo que el capitán había visto brillar, un año antes, en las cámaras secretas del emperador Moctezuma.

—¿No hay más oro que éste en México? —le preguntó a Cuauhtémoc, sucesor de Moctezuma, y repitió extrañado la pregunta ante muchos otros señores principales, entre los que había tlatelolcas y aztecas.

Los indios, sin embargo, negaron conocer el destino de las riquezas. Sostuvieron que los españoles "las habían llevado todas durante la huida".

Cortés los cuestionó con tal dureza, que acabaron culpándose unos a otros. Los tlatelolcas dijeron que los aztecas habían sacado el oro por las calzadas; éstos, que sus vecinos "se lo habían llevado en unas canoas".

Esa noche no hubo acuerdo. Luego vino el banquete con que las tropas celebraron en Coyoacán la toma de la ciudad, y en el que, con el entendimiento vencido por incontables barricas de vino —única joya que vieron brillar aquella noche—, los conquistadores soñaron con sillas de oro para las monturas, y saetas de plata para las aljabas. Al terminar el convite, entre riñas, maldiciones y blasfemias, llegaron a la conclusión de que Cuauhtémoc tenía escondidas las riquezas, "y que Cortés se holgaba de ello porque no las diese y haberlas todas para sí".

Entre los que más urgían la aparición del oro, se hallaba el tesorero del rey, don Julián de Alderete, cuya simple mención provocaba en Cortés vahídos y estremecimientos. Era considerado íntimo de Su Majestad, y gozaba de la protección del gobernador de Cuba, Diego Velázquez, acerbo enemigo de don Hernando.

"Avaro como un mercader", "sediento de honra como un cortesano", según la descripción que hizo aquella tarde Arias de Villalobos, a Alderete le llevó poco tiempo encabezar el descontento. Le exigió a Cortés que entregara cuanto antes el quinto que correspondía al rey, y amenazó con denunciar ante la Corona que los mexicanos habían entregado riquezas que se hallaban ocultas.

Cortés quiso detener las voces, redoblando la búsqueda del tesoro. Hizo que el medinense Bernal Díaz del Castillo, al frente de un grupo de nadadores, se zambullera en los lagos y en los canales de México. Pero Bernal no pudo extraer de éstos más que algunas piezas, que Alderete tachó de baratijas:

—No equivalen aún a lo que perdimos al retirarnos —masculló con desprecio.

Sólo se incrementaron las dudas. Durante las largas noches del campamento las tropas habían alentado el espíritu de codicia ("no a otra cosa habían venido", aseguró Arias) y ahora culpaban a don Hernando de haberse aprovechado del tesoro con fraude. Bajo un aire de violencia que costaba contener, un tal Ocampo tomó un carboncillo y escribió en la fachada de una casa: "No nos nombramos conquistadores, sino conquistados de Hernán Cortés". Escribió también: "No le basta tomar buena parte del oro como General, sino que toma un quinto como rey".

Cortés, que conocía el buen cortar de las espadas de sus hombres, temió que una emboscada pusiera fin a sus fatigas. Cuando Alderete le propuso que, como una prueba de su buena fe, sometiera a los reyes aztecas a la cuestión de tormento, vio el cielo abierto. No dudó en entregar a Cuauhtémoc.

Lo que sucedió después está pintado en el lienzo que copié en Tlatelolco. El maese Juan, el boticario Murcia y el barbero Llerena, dispusieron la vasija de aceite con que ungieron los pies y las manos de tres señores aztecas. Alderete ordenó que se procediera al tormento: las escenas fueron tan lastimosas que ninguno de los testigos (incluido el propio Cortés, que ocultó el hecho a Su Majestad) tuvo valor de referir los detalles.

Se sabe, sin embargo, que uno de los señores sucumbió en el trance, "sin confesar cosa de cuantas le preguntaron". Cuauhtémoc lo acompañó en el dolor, y en el silencio, hasta que el tesorero real temió que el emperador también muriera —con lo que su secreto terminaría por perderse.

El rey azteca quedó baldado durante los cuatro años que le quedaban de vida. Por estos y otros daños, tiempo después, al rodar con la montura por una cuesta, Alderete contestó al soldado que le preguntó qué le dolía:

—El alma. Que me lleven a donde la curen.

No sospeché de qué modo misterioso todo esto iba entrando en mi espíritu. Sólo puedo referir que la historia que Arias nos contó esa noche, alumbrando con palabras las imágenes que yo acababa de ver en el lienzo, me impresionó por encima de cuanto había oído en la vida. Sólo puedo agregar que una mañana, con la esperanza de pasar inadvertido, me embocé en un grueso ferreruelo negro, y me dirigí, en vez de a San Pedro y San Pablo, donde no me aguardaba otra cosa que la regleta del maestro, a Santa Cruz de Tlatelolco, donde, escondida entre los hierros que daban forma al cuerpo de una manceba india, no me esperaba más que la regleta de la vida.

Fue cosa de tomar una resma de papel y un carboncillo, de sentarme en los reclinatorios del templo, y de darme a la tarea de transcribir, con mano torpe, las figuras contenidas en *El Tormento*. Fue cosa de romper y más romper, tratar y más tratar, sin otro maestro que las imágenes que parecían retarme dentro del cuadro.

Y sin embargo, al caer la tarde salía rumbo a mi casa derrotado, llevando entre las manos un conjunto de figuras contrahechas que incluso al artista más capaz podría llevarle años definir y enderezar.

El amanecer me ponía de vuelta en el templo. Ahí recomenzaba la tarea y alentaba la esperanza de entrever a la muchacha india. Ir del lienzo que escondía la verdad que me mataba, "a unos ojos que / mataban más".

Sometido a ambos tormentos, me desentendí del mundo y olvidé a mi tía. No advertí la manera en que la ciudad que repudiaba, la iba conquistando: primero, con la primavera inmortal de la que habla el poema de Balbuena ("Todo el año es aquí mayos y abriles…"); segundo, con su variedad de frutas ("sensibles, regaladas", escribió ella misma en su diario); tercero, con sus tiendas y cajones llenas de brocados, sedas, paños, pedrerías; y cuarto —éste fue el peor—, por el capitán de larga cabellera negra que desde las carreras en la Plaza le hacía arrimar la silla a la ventana —pues desde aquella tarde se paseaba ante la casa, caracoleando un caballo negro que ahora se me viene a la mente piafando.

No podía ser de otro modo: si a doña Beatriz la codiciaban hasta los espejos, desde que Diego Mejía había encabezado la resistencia de Campeche, capturando a cien piratas, la Nueva España entera se hallaba de rodillas frente a él.

El virrey lo había nombrado capitán de la guardia; desde su vuelta, no se le veía más que en fiestas y galas, acompañado por un criado silencioso, y rodeado siempre por los veinte caballeros de capa negra que se encontraban al servicio de la seguridad del propio conde de Monterrey.

Sólo el ciego se enfurruñaba al oír su nombre ("Nada se ha de esperar de quien pasa los días en baños de vapor, y cada noche hace juegos de tres y quince en el salón de su casa"); pero doña Beatriz palidecía al verlo, y la gente murmuraba que la boda no era cuestión de esperar.

No pude prestar mucha atención: una tarde la muchacha india me sonrió desde la puerta de la sacristía; la seguí, y la pequeña llama que una vez había sentido arder, no tardó en incendiar el cortinaje que a partir de entonces ocultó la furia desbordada de nuestros encuentros ("¿Qué puedo agregar? —escribe el monje Abelardo—. Nuestro ardor conoció todas las fases del amor, todos los refinamientos insólitos que la pasión imagina").

Al poco tiempo, un hombre enjuto, un poco encorvado, que llevaba algunos días restaurando doraduras en el altar mayor, advirtió la desesperanza con que destruía mis fracasados dibujos y se acercó para corregirlos, enseñarme las primeras nociones de lo que denominó "nuestro arte". Ocupado en alternar el tormento

de Venus con el tormento de Cuauhtémoc, tardé
en darme cuenta de que se trataba del pintor
más glorioso que existía en Nueva España.
Andrés de Concha.

Volví a ver al ciego Dueñas una noche en la que un polvo espeso, de salitre, llegaba a ráfagas desde los lagos y envolvía la ciudad de tal modo que en la calle la gente estornudaba y las iglesias decidían tocar a plegaria general.

El ciego bebió vino tibio, recibió los cuartos lisos que le obsequiaba mi tía, y a continuación reseñó los acontecimientos más notables de la jornada:

—Dicen que anda un hombre con hábito de Nazareno dando a oler una flor que ataranta a las mujeres, y las emboba.

—Dando misa en la parroquia de Santa Catarina, tuvo una apoplejía el bachiller Lucero.

—Un negro mató en la cama a su amo, José Padilla, que era hombre de mucha hacienda.

Lo grave lo guardó para el final: se acababa de echar un bando para que ni criollos ni gachupines llevaran armas de noche; el virrey había prohibido los duelos, so pena de la horca. Ese día, acababa de aparecer, junto a los muros de La Merced, el cadáver de un hombre llamado Francisco Dazco, a quien, por presuntuoso, llamaban *El Entonado*.

El ciego dijo que Dazco descendía del otro Dazco, que tenía una cuchillada en la cara y en 1519 bajó del mismo barco que el capitán Cortés. La justicia descubrió que la noche de su asesinato, alguien había quebrado la verja de su casa, "a fin de revolverla".

Adiviné lo que el ciego iba a decir. Que había vuelto a aparecer esa estocada.

—La estocada Clairmont —dijo al fin—. Como que aún la recuerdo: parar en cuarta, jalar el brazo, girar el cuerpo, haciendo que el estoque surja de la nada y se hunda en el cogote con la misma sencillez con que doña Beatriz podría cortar ahora una manzana…

Balbuena afirma en "El Bernardo" que "todas las cosas que en el mundo vemos" tienen su habla, aunque "sus conversaciones no entendemos". Parecía un verso inspirado en el gesto que se dibujaba entonces en el rostro del ciego: en aquel esfuerzo de llevar a rastras hacia al entendimiento algo que de algún modo se le escapaba.

Yo ignoraba entonces que, en tiempos del virrey de Almanza, un francés que peleó en las guerras chichimecas había traído a esta ciudad dicha estocada. Se llamaba Joaquín. Se apellidaba Clairmont. Le gustaba decir que los tiempos eran tales que los belitres gastaban un lujo insolente en los trajes, y por eso se distinguía de ellos vistiendo ropas sencillas. En un tiempo en que se combatía con la espada en la mano derecha y la daga en la izquierda, no había en la Nueva España caballero capaz de hacerle frente. Alonso de Cuenca, Diego Escalante, Francisco de Inhiesta, habían dejado la vida en ese intento.

Clairmont, según el ciego, era, en lo particular, un galán regocijado. Cinco hombres lo emboscaron una noche junto a la tapia que acababa de saltar. Le atravesó el cogote a cuatro de ellos. Cuando iba por el quinto, resbaló en la sangre que su propio puño había derramado. El hombre que sobrevivió lo atravesó en el suelo. Lo hizo con la misma estocada que Clairmont solía utilizar.

—Nuño Saldívar. Se llamaba Nuño Saldívar —dijo el ciego—. Era chocarrero, truhán, metido en el mundo y olvidado de Dios. Lo conocí bien: desde Regina hasta el Carmen, no existía bellaco que se le igualara.

Sentados en los poyos del patio, Doña Beatriz y yo nos miramos. El ciego lo adivinó. Supo exactamente lo que estábamos pensando. Por eso dijo:

—Lo que estorba es que Saldívar fue desterrado cuando se conoció la conspiración de los criollos. Lo que estorba es que el barco en que viajaba fue mandado a pique a media travesía, bajo el fuego de cañones piratas. Saldívar debía andar en el infierno, y no deambulando bajo el cielo de la Nueva España.

R ecuerdo esos días. Apagaba las bujías, y el sueño no llegaba. Algo mantenía mis ojos en los cristales de la ventana. Un pajarraco lanzaba graznidos siniestros. Ladraban los perros. Sonaban a lo lejos unas campanas. Escuchaba pasos distantes. La ciudad de México vivía un horror parecido al de las ciudades sitiadas.

De día, el virrey organizaba corridas de toros en San Pablo. Había "moros contra cristianos" en las plazuelas. Las alacenas estaban más concurridas que nunca. Se sucedían las justas, se celebraban torneos. Ahorcaban a un hombre por haber hecho fuerza a una casada. Marchaban las tropas. Llegaban los cajones de cartas. Salía la plata del rey rumbo a la flota. A veces no se hallaba pan. El viento silbaba entre las ramas de los naranjos y los truenos gruñían, de tarde en tarde, en las crestas de los montes.

Pero luego, llegaba la noche. Y con ella la queda, y pesaba sobre todos el presagio de una tragedia.

Yo había dejado de leer los Libros de Horas y las Vidas de los Santos. Leía a Antonio de Saavedra: tirano amor, "oh hiel envuelta en miel emponzoñada, / oh tósigo mortal, oh dulce muerte, / oh mal de muerte, / oh muerte regalada".

Envuelto siempre en el ferreruelo negro, acudía por las mañanas a Tlatelolco. Iba del reclinatorio al cortinaje, y de éste pasaba, pleno, vaciado, a ocupar de nuevo mi sitio frente al cuadro. Cierta tarde, don Andrés de Concha se acercó nuevamente a revisar mi trabajo. Señaló varios defectos. Explicó que una buena pintura tiene siempre un centro:

—Al encontrar ese centro, resplandecerá la verdad.

No comprendí el tesoro que acababa de entregarme, pero en mis esfuerzos empezó a nacer una mejoría. Contento y complacido, el maestro me pidió que fuera a Catedral, que recorriera San Francisco, Santo Domingo y Santa Veracruz, que mirara las obras que, en esos sitios, su pincel había dejado. Si después de hacerlo persistía en mi propósito de pintar el cuadro, estaría dispuesto a tomarme como aprendiz.

Las semanas que siguieron —unas veces, al salir de clases; otras, faltando a éstas—, visité aquellas iglesias. Nunca volví a mirarlas del mismo modo. Las viejas cosas: el temor a la muerte y al infierno, el cuerpo de Jesús, "clavado en una cruz y escarnecido", los prodigios que al cielo se levantan —Adoraciones, Anunciaciones, Ascensos—, sin dejar de ser las mismas, se volvieron otras: un mundo envuelto en oro y en llamas. Andrés de Concha convertía a los seres en elevación y en luz. Poblaba de algo nuevo el mundo y su sombra.

Al terminar el recorrido, volví a buscarlo a Tlatelolco. Le sorprendió que hubiera regresado. Advirtió que para acercarme siquiera a lo que había visto me serían necesarios trece años: uno, para estudiar dibujo elemental; seis, para ponerme al corriente en todas las ramas de la pintura: moler los colores, hervir las colas, moldear los yesos, preparar las tablas y aplicar el oro. Los seis restantes se irían estudiando el color, aprendiendo a adornar con paños y mordientes, e iniciándome en el trabajo mural. Todo, dibujando siempre, no abandonando el estudio "ni en los días de fiesta, ni en los de trabajo".

No le dejé terminar. Le pedí que visitara a mi padre para firmar el contrato. Ignoraba que para convertirme en pintor tendría que pasar los años siguientes conociendo más retratos que rostros, convertido en un esclavo blanco.

Salí del templo sintiendo que el mundo acababa de abrirme las puertas de golpe. Había pensado confesar a doña Beatriz mis faltas, decirle que desde la bienaventurada hora en que me había llevado a Santa Cruz, algo se había acomodado de pronto. Quería implorar su clemencia. Decirle que mi inclinación era tan fuerte, que ni el más severo castigo bastaría para estorbarla.

Pero en el estrado de la casa hallé al capitán Diego Mejía, que trataba con mi padre algún negocio de importancia. Noté que los ojos de aquel hombre vestido a la moda española, con traje negro y medias y golillas blancas, caían como puntas de tenedor sobre el rostro de mi tía; noté también que el semblante de ésta se iba encendiendo, por más que se fingiera absorta en su labor. Las mejillas de doña Beatriz se habían convertido en una rosa de Castilla. Preferí no decir nada.

Al poco tiempo se celebraron los años de la virreina. Hubo comedia en Palacio, el capitán

Mejía bailó una giga con doña Beatriz y en un rincón de la sala el poeta Arias de Villalobos bajó la vista entristecido. Ya lo dijo González de Eslava: en la Nueva España hay más poetas que estiércol. Mientras Arias deambulaba por el salón con un puñado de hojas en la manga, el virrey, que no reparó en la presencia del poeta ni un instante, se dedicó a lisonjear a don Diego, y avanzadas las horas le pidió que relatara la forma en que había capturado a los corsarios ingleses.

Su discurso fue tan estrujante, que hubo damas que abandonaron el salón, e incluso el virrey palideció. Aquel relato tendría, en el futuro, una importancia decisiva. Se remontaba a la noche en la que, dirigidos por un vecino de la villa, los corsarios de William Park habían entrado en Campeche. Bajaron de los barcos sin ser sentidos. Cuando al fin se advirtió su presencia, era tarde para detener el pillaje. Los habitantes de la villa huyeron hacia el campo, otros se refugiaron en San Francisco. Pero muchos no lograron ni lo uno ni lo otro.

—Las cosas de esa noche no son para ser contadas —dijo el capitán Mejía—. Me pesa tanto haberlas visto, que no sé si mi triunfo es una prenda o un castigo del cielo.

Los que habían logrado salvarse vieron, desde las azoteas del convento, cómo la villa bramaba envuelta en llamas. La lumbre que salía de las casas aplacaba la noche y arañaba el cielo.

Hondos y aterradores llegaban los gritos de los heridos que se negaban a morir. "Cuando un hombre grita de dolor, su voz sacude el firmamento", dijo el capitán. Las calles de Campeche se llenaban de cuerpos destazados, de niños asesinados, de mujeres vejadas.

Diego Mejía reunió algunas tropas y se abrió paso hasta el convento. Mientras afuera continuaba el saqueo, alentó a los vecinos a preparar el combate. Todo se resolvió al amanecer: los vecinos esgrimieron mosquetes y espadas y se empeñaron en una lucha cuerpo a cuerpo que derramó tanta sangre que unos y otros terminaron abismados en la locura.

Park fue herido en una pierna. Sólo entonces ordenó la retirada. Se dice que el vecino que facilitó la entrada a los corsarios fue llevado hasta la plaza: ahí, las mujeres le arrancaron las carnes con tenazas ardiendo.

En dos fragatas, los hombres de Mejía iniciaron la persecución. El abordaje de un patache corsario que había quedado rezagado fue igual de terrible. Mejía logró, sin embargo, recuperar parte del botín y cobrar el rescate de cien hombres que había prendido (los mantuvo en cautiverio hasta que Park pagó sesenta mil doblones por ellos).

Miré a doña Beatriz. Había escuchado el relato con la vista baja, guardando sus emociones tras un abanico. No me sorprende hallar ahora que lo reviso, en su diario de piel, los versos de

Antonio de Saavedra que esa noche copió de alguna hoja volante:

…que ya la acerba y viva llama
el cuerpo, el corazón, el alma inflama.

Una nao desapareció en la niebla, desconociéndose su destino. En las alacenas de chinos, Arias de Villalobos me dijo:

—Deseo sinceramente que el Arca de Noé también se hubiera perdido.

Hasta ese día el año había corrido con presunciones de malo; de ahí en adelante se declaró fatal. El 8 de julio, un Juanes de Fuenterrabia apareció muerto a las puertas del Seminario. Era el quinto criollo nieto de conquistador que caía atravesado de un tajo en el cogote. En la ciudad se despertó tal revuelo, que la justicia no se daba manos para contener el alboroto. Un grupo de criollos avanzó por la escalinata del Palacio, pidiendo a voces que los recibiera el virrey. Mientras éste procuraba tranquilizarlos, en una gresca ocurrida en la Alameda mataron al español Juan Bautista de Cárdenas.

—La revancha de los criollos ha comenzado —dijo el ciego Dueñas.

Noté que traía en el cinto un viejo puñal de misericordia.

Ese día, se tiró un bando para que nadie anduviera en la calle después de las oraciones. Había en los alrededores tanta tropa, que un pájaro no hubiese pasado sin que los alguaciles lo vieran.

El asesino fue aprehendido en un templo, contiguo a la Alameda, a donde había ido a refugiarse. Resultó un criollo de pocas prendas: cuando le preguntaron por qué había realizado aquel acto deleznable, respondió que por los juicios que echaba el difunto, por las cosas que decía: que en la Nueva España no había más que arrebatacapas, tahúres, fumadores, vihueleros e incontables mujeres casquivanas.

En cosa de días le leyeron la publicación de testigos, lo metieron en capilla y lo llevaron a la plaza. Para que el ejemplo fuese mayor, se le sentenció a morir decapitado.

El virrey ordenó que todos los varones asistieran a la ejecución. Desde la esquina de Provincias, mi padre y yo la atestiguamos: el verdugo puso al reo de rodillas, le bajó el cuello del jubón y le ató los ojos con una venda. Luego, lo tendió sobre el tablado y le propinó dos golpes de hacha. A cada uno, los gritos de la gente sacudieron la plaza. Mi padre se cubrió los ojos con las manos:

—El tiempo se nos echa encima —dijo—. Esto mismo vi la noche que mataron a los conspiradores criollos.

El ciego Dueñas agregó:

—Al igual que entonces, cabezas faltan por rodar.

Como si temiera un alzamiento, la artillería del virrey estaba, en esas fechas, abocada de continuo contra la ciudad. Los viejos juraban que desde las guerras de Conquista no se veían en Nueva España tal cantidad de lombardas, falconetes, berzos, culebrinas y ballestas. El virrey endurecía la mano. Había prometido detener las muertes, castigar a los culpables. Era común ver a los alguaciles correr por las calles, haciendo pesquisas y tomando testigos. Se había amenazado con la muerte a criollos y gachupines que fueran sorprendidos contendiendo en las calles.

A mediados de agosto, sor Marcela de las Llagas murió en Jesús María. Varias monjas juraron que habían visto sudar su cadáver. Nuevamente aparecieron despojos de ratones a los que les habían chupado la sangre, y se dijo que había llegado a la ciudad un hombre que decía conocer el destino de las almas que se hallaban en el purgatorio. Muchos lo seguían por las calles, rogándole que encomendase al trono divino sus respectivos estados.

Esa semana, confesé a doña Beatriz mis intenciones. Abrió los ojos como platos, luego los volvió al cielo —me pareció una de esas vírgenes pintadas por De Concha—, y me lanzó una retahíla de admoniciones, entre las que vago, truhán y malentretenido se contaron como las menores. Dijo que mi padre me propinaría una tunda por faltar a la verdad y burlar a mis maestros, y amenazó con cortar ella misma una vara grande de alguno de los árboles del patio.

No atiné más que a mostrarle el boceto de *El Tormento*, que con tantos trabajos se hallaba a punto de ser terminado. (Sólo le faltaba el color, para ser la copia exacta de la tabla que colgaba en Tlatelolco.)

Su contrariedad vino a menos, admitió que la obra no carecía de talento, pero aseguró que en las Indias no había surgido nunca un artista de valía. Que los pintores vivían, enfermaban, sanaban y morían como perros.

Arias de Villalobos entró de pronto en el salón, guiado alternativamente por la Providencia y por la necesidad de mirar de cerca a doña Beatriz. Mi tía me delató ante él, le mostró el boceto, repitió los argumentos que poco antes me había asestado, y dijo que yo no había nacido para siervo "de un vejete alcoholado que se fingía pintor".

Arias de Villalobos respingó:

—No conocer la obra de don Andrés de Concha es como no conocer el mar. Algo muy grande se nos pierde.

Habló, con encendidos elogios, "del pincel y la escultura, que arrebata / el alma y pensamiento por los ojos". Y añadió:

—Después del flamenco Simón Pereyns, no ha habido pintor más grande y más sublime en estas tierras.

Doña Beatriz anunció mi ruina, se lamentó de haberme llevado a Santa Cruz, y de meter en mi cabeza tales imaginaciones. Pero Arias le contestó que bajo la mano del hombre que había llenado de prodigios las iglesias novohispanas, no sólo podría volverme hombre de bien, sino acaso un pintor estimable, "maestro mayor de la Catedral".

Esa noche, con ayuda de estos cómplices, mi padre firmó el contrato. Luego, me propinó una tunda para que Dios fuese servido.

Doña Beatriz no cortó nunca la vara del árbol. Al día siguiente, en cambio, se quitó el guardainfante y salió a la calle por su propio pie —entre la ruin canalla que tanto despreciaba—, para comprar, en los cajones de tlapaleros, varios frascos de colores recién traídos por la nao.

Por órdenes de mi padre atravesé el tiempo en ayunos, penitencias y oraciones. Como mi aprendizaje no comenzaría hasta principios de septiembre, dediqué los días a vagar por Santa Cruz, con esperanza de adelantar en el cuadro.

A veces me torturaba la *Flor de virtudes* que el confesor de doña Beatriz, fray Pedro de Córdova, me había dado a leer: "Lujuria es de cuatro maneras: la primera en el mirar, en el tentar y en el besar, y cuando el hombre se ayunta con la mujer carnalmente…". Pero en los rincones oscuros de la sacristía, tras el cortinaje que espesaba el paso de la luz, no había San Gregorio ("la lujuria consume el cuerpo, mata el ánima, lleva la virginidad, hurta la fama, ofende a la persona y conturba a Dios") ni San Bernardo ("de ningún pecado se alegra tanto el diablo como de la lascivia") que estorbaran las enseñanzas del monje de Ripoll, cuya doctrina corría en secreto entre los estudiantes mayores de San Pedro y San Pablo: "Que el joven y la amada opriman el lecho en la oscuridad, y que se den abrazos dulces a porfía. Que el joven le bese la boca y las mejillas al abrazarla, que acaricie sus pechos, sus pezones, su cosilla diminuta. Que sus fémures se junten y tomen el fruto de Venus, y que cese todo ruido: así se consuma el amor".

Por las tardes, sosegado y feliz, vagaba por la plaza o me sentaba junto al ciego Dueñas en los muros del Cabildo. Le oía quejarse del destino del soldado, al que después de prestar intrépidos servicios le ocurre lo que a Ulises: vuelve a casa tan viejo y destrozado que nadie, salvo el perro, lo conoce. Le oía decir que por las maldiciones de los indios, los hombres de Cortés no volvieron a conocer la ventura, y acabaron entre hambres, enfermedades, pleitos y litigios. Le oía decir que la inundación había sacudido el polvo de los lagos, haciendo revivir para nosotros la vieja maldición de los señores aztecas.

Luego lo veía callar, cubrirse con la capa como si se revistiera ya con un sudario. Sabía muchas cosas del cielo y de la tierra, pero ahora tropezaba con algo que, pese a sus esfuerzos, no le era dado apresar. Dudaba de las frases de fray Pedro de Córdova, quien decía que ser ciego era andar como andaban las cosas del mundo, antes de que Dios supiera que eran buenas. Ahora, por primera vez, parecía necesitar los ojos.

Una tarde, bajando la voz hasta hacerla casi imperceptible, me pidió que yo viera por él:

—Si ves a un hombre viejo, fuerte, con los dientes rotos, ven corriendo a avisarme.

Pregunté por qué. No quiso decir más. Se alejó por la calle, cubriéndose el semblante con la capa, la mano sobre el viejo puñal de misericordia que en aquellos días ya nunca abandonaba.

Lucrecio ha dejado escrito que todo castigo que la religión sitúe en el infierno ha de hallarse primero en esta tierra. Yo conocí los buitres que devoran las entrañas de Ticio la mañana en que encontré cerradas las puertas del templo de Santa Cruz. Caminé por el barrio de Tlatelolco y no encontré a la muchacha india. Volví a la mañana siguiente, y también a la otra, y las puertas del templo continuaban selladas. Temí que las semanas pasaran, y llegara el día de mi contrato y me fuera imposible volver a tocar esa cabellera oscura impregnada de incienso, tener entre los dedos la miel olorosa que escurría por los muslos de la india.

Recorrí los alrededores de Santa Cruz, empolvándome los pies el día entero. Pero había llegado el momento de aprender —la frase se la oí a Arias de Villalobos— que el amor exalta a los amantes para destruirlos.

No volví a encontrar rastro alguno de ella. Entonces llegó la hora en que debía mudarme al taller, y yo, que en las plazas conocía a todos, sentí que jamás volvería a conocer a nadie.

La noche anterior a mi partida, el ciego tocó el portón, bebió vino tibio, recibió los cuartos lisos que le obsequiaba mi tía. Luego dijo que el Santo Oficio acababa de prender a un sacerdote, por solicitante:

—Nuestro joven pintor lo debe conocer. Oficiaba en Santa Cruz.

Doña Beatriz se santiguó:

—¿Será el mismo al que fuimos a consultar sobre aquella pintura?

Con las llamas del infierno dentro del pecho, bajé la vista, entré en mi pieza, apagué la luz. Me revolví hasta las altas horas en la cama. Quise bajar al patio, trepar la barda, correr por los extensos y tristes muros de los conventos de frailes. Pero no lo hice. Había oído muchas veces de los sacerdotes solicitantes. La carne les quemaba. Las calles de la Nueva España estaban llenas de sus historias.

Al día siguiente, con mis frascos de colores y un bulto de ropa, me despedí de doña Beatriz y recibí la bendición de mi padre —me la dio a regañadientes—. Caminé despacio por la calle, seguro de que los buitres de Ticio provocaban aquella sospecha que me corroía las entrañas.

Las semanas siguientes se me fueron en barrer el taller, vigilar el cocimiento de las colas, machacar los colores con aceite hirviendo y cambiar el agua al yeso que los oficiales purgaban en los morteros. Pasé los días envuelto en el olor del aceite humeante, sin avanzar en nada que no fuera lavar los crisoles, prender las hornillas, poner los calderos y distribuir, en las moletas de pórfiro, los pigmentos que utilizaba el maestro. Cuando preguntaba a don Andrés de Concha cuándo empezaría a pintar, me respondía de mal grado:

—Miserable cosa es pensar en ser maestro el que nunca fue discípulo.

A veces me parecía que, como las monjas, yo también había salido del siglo. Estaba impedido para hablar, a menos que algo me preguntaran, pues "toda gran obra precisa de silencio". Debía aceptar con resignación las puyas y los pescozones de los oficiales, más avezados que yo en el nobilísimo arte de la pintura.

Tampoco se permitía asomar la nariz más allá de la puerta, porque, según don Andrés, para un verdadero aprendiz no había nada que valiera la pena conocer en trescientas leguas a la redonda. Se me concedían sólo unos minutos para ir por agua a la pila de la plaza, y aun entonces el maestro me recomendaba no cruzar palabra con la gente, "pues un aprendiz debe guardar celosamente los secretos del oficio".

Por la noche entraba, más muerto que vivo, al pequeño cuartucho que don Andrés me había destinado. Y luego, apenas abrir los ojos, regresaba a la escoba, las moletas y los morteros.

Los domingos, luego de la misa, el maestro me hacía dibujar una figura desnuda y otra vestida. Exigía en todo momento que las lograra con proporción y gracia. Cada vez que yo creía percibir una mejora, un adelanto, me arrebataba las hojas, y las destruía con desprecio:

—Si se pinta una cosa como es, se tendrán dos cosas pero no una pintura.

Doña Beatriz me visitaba los domingos, sólo una hora, pues así lo estipulaba el contrato. Se escandalizaba con las quemaduras de aceite que los calderos dejaban en mis manos, se lamentaba de encontrar mi rostro flaco y desmejorado, y se dolía, según sus palabras, "de haberme dejado perder el mundo". A veces amenazaba con recurrir a la Audiencia, para poner de una vez por todas punto final a aquel contrato.

Y sin embargo, yo no estaba triste. Me daba lo mismo el taller que la calle.

Una mañana en que salí por agua con un calderillo, tropecé en la plaza con el ciego Dueñas. Me dijo que el sacerdote de Santa Cruz había sido denunciado por una loba, a la que confesaba de día, e invitaba a visitarlo de noche. "El descarado le decía que le tenía amor, y que le había de dar cuanto le pidiese y hubiese menester…". Cuando el Santo Oficio tomó cartas en el asunto, se descubrió que el sacerdote había solicitado a varias mujeres de su parroquia, "con muchas de las cuales cometió torpezas".

Como la ley ordena denunciar la solicitación, estas mujeres eran tenidas por cómplices. Se hallaban a punto de ser juzgadas: las esperaba el destierro, la reclusión perpetua o el trabajo forzado entre los enfermos de bubas del hospital del Amor de Dios.

Si algunas noches la incertidumbre me hacía revolverme en la cama, a partir de entonces perdí toda esperanza. Los buitres de Ticio volvieron a desgarrarme las entrañas. Y lo hicieron con tanto ardor, que todavía hoy el dolor me dura.

Tristán e Isolda bebieron por accidente el filtro amoroso que los hizo irresponsables de su destino. Yo, en cambio, había escogido libremente mi fatalidad. Atormentado por visiones inconfesables, me pareció que el mundo se apagaba, que la vida se extinguía.

Sin embargo, el trabajo en el taller aliviaba mis dolores. Con el tiempo, operaban los "Remedios del amor" de Bernardo de Balbuena:

Deja la ociosidad: esto es muy cierto,
que la imaginación de ella ayudada
resucita el amor cuando más muerto.

Una tarde el maestro me hizo sentarme a su lado, para que lo viera pintar. Por primera vez presencié el prodigio de esa mano que de modo milagroso poblaba las tablas muertas, sin alma, con colores que de pronto se iban convirtiendo en vírgenes, en santos, en figuras celestiales. Formas reales, que parecían a punto de ser escuchadas.

Noté que cada personaje pintado por don Andrés aparecía acompañado siempre por conchas, por uvas, higueras, margaritas… Pregunté por qué. El maestro contestó:

—Porque el verdadero artista levanta los ojos al cielo, y se propone un fin mayor y más excelente, librado en las cosas eternas.

Como vio que mi cabeza era dura, y no entraban fácilmente esas razones, la ablandó con un mojicón. Hecho lo cual, me entregó su primer secreto, la primera enseñanza verdadera del nobilísimo arte que practicaba:

—Cada pintura es un mensaje que revela la grandeza de Dios. Donde se ve una margarita no hay sólo una margarita. Donde se ve una higuera, sólo los profanos encuentran una higuera. Porque desde el principio de los tiempos, acaso desde que San Lucas hizo el retrato de la Virgen María, ha quedado establecido que, en nuestro arte, la margarita es la pureza y la higuera es el pecado. Y porque esta concha es el bautismo, y estas uvas la sangre redentora, y esta granada la Iglesia, formada por varios miembros que yo pinto como granos...

Permanecí religiosamente atento. Aquella frase revoló en mi cabeza como un pájaro que iluminara en la noche una región apagada. Las imágenes en las pinturas revelaban *otra cosa*. Por los diálogos que se oían en el taller, sabía que antes de venir de España don Andrés había tocado con sus propios dedos los lienzos de Tiziano, de Tintoretto, de Alonso Sánchez, de El Greco. Durante los largos años que pasó al lado de su amigo y maestro, el flamenco Simón Pereyns, había absorbido las fuentes más poderosas del saber: enseñanzas que procedían de Grecia y de Roma. Sentí que aquella revelación llevaba hasta mí la luz de otro tiempo, algo que me envolvía como un sueño, y de pronto tomaba cuerpo.

Temeroso de recibir un nuevo pescozón, pregunté cómo podían servir a Dios aquellos mensajes, si profanos, como yo, no podíamos ser capaces de entenderlos.

—¿Cómo ver la pureza donde sólo se ve una margarita? ¿Cómo saber que el pintor ha representado a la Iglesia donde no se encuentra más que una granada?

Don Andrés me miró con aprobación. ¡De algo me habían servido las enseñanzas del *ratio*, en cuyos cursos los maestros luchaban por enseñar a pensar, y a improvisar argumentos, a los alumnos de San Pedro y San Pablo!

—A veces —dijo—, es necesario poner un breve rótulo, una pequeña inscripción para que se entienda lo que la obra dice. Los profanos sólo miran margaritas. Los llamados, mensajes que sobreviven a la eternidad.

Esa tarde se cumplió en mí la frase de San Agustín: la verdad siempre nos llegaba casualmente, a través de un acontecimiento externo. La vida carece de centro, pero de pronto hay una débil luz que al paso del tiempo da un cierto contorno a las cosas.

Porque, mientras el maestro seguía retocando las conchas, las uvas, los higos de su pintura, yo pensé en el viejo lienzo que colgaba en Tlatelolco. ¿Cómo no había de hacerlo si desde el primer momento había determinado, oscuramente, cada hora de mi vida? No tardé en preguntarme si el pintor de Santa Cruz habría querido transmitir, a través de sus figuras, algún mensaje. Entonces recordé el lienzo hallado en el libro del doctor Cervantes, esas letras que pendían a los pies de Alderete, y una idea cruzó como un cometa que rayara de pronto mi entendimiento: ¿Y si aquella inscripción fuera el rótulo que explicara unas uvas, unos higos ocultos en el lienzo de Santa Cruz de Tlatelolco?

Setenta y tantos hombres salieron forzados para Veracruz. Fue enterrado el capitán José Hurtado de Tagle, del que se dijo que había muerto contando una talega de dinero. En los gallos mataron de una pedrada a un alguacil que se rehusaba a pagar lo que había perdido, y en cierto hospital la imagen de Cristo hizo el milagro de sanar a un enfermo de aire.

Mientras mi vida transcurría entre el cocimiento de las colas y el machacado de los colores, concluí que, del mismo modo en que los rótulos de don Andrés servían para explicar las uvas, era menester que aquel rótulo tuviera por objeto aclarar algo que, a simple vista, se perdía entre las imágenes de *El Tormento*.

Una tarde en que el maestro me envió por agua a la pila, torcí el camino a todo correr y entré a trompicones al salón donde doña Beatriz se hallaba entregada a su labor. No se aplacaba aún la sorpresa que le causó mi aparición, cuando yo, faltando a mis deberes de aprendiz, le revelé la lección que me había dado el maestro. Le dije, también, lo que a partir de esa enseñanza había intuido.

¿He demostrado que la imaginación de mi tía solía inflamarse con facilidad? De un salto se puso a revolver los plúteos del estante, hasta dar con los diálogos latinos del doctor Francisco Cervantes de Salazar. Las hojas amarillentas corrieron entre sus manos, hasta que éstas extrajeron la imagen altiva de don Julián de Alderete, que disponía con un dedo la aplicación del tormento. Clavé la vista en la frase:

CGIRANCIACSAMRLJAMCEOS

Doña Beatriz arguyó que más que un mensaje aquello parecía un conjunto de letras mezcladas en un sombrero:

—¿De qué modo pueden alumbrar el secreto de una obra? —preguntó.

Miramos y remiramos la frase, hasta que la tarde nos llenó de sombras. Guardé el viejo lienzo, pensando en mostrárselo más tarde a don Andrés, y salí con tal premura que olvidé la calderilla que llevaba para el agua. Cuando arribé al taller, con la respiración entrecortada y las manos lamentablemente vacías, el maestro echó en falta el encargo y me reprendió diciendo que alumno tan ataranado no pasaría jamás de mero aprendiz.

Por eso guardé silencio sobre el lienzo y su mensaje. Me prometí resolver por mis propios medios aquel enredijo; acallar, con los frutos de mi perspicacia, las malas razones de mi maestro.

El diario de piel de cerdo de doña Beatriz señala que una mañana en la que ella venía por la calle, al salir de misa primera, la beata le salió al paso e intentó hablarle. Doña Beatriz no quiso que las vieran en charlas: por ese tiempo corría el rumor de que los herejes habían mandado labrar una moneda en la que estaba dibujado el Papa, quien, vuelto al revés, aparecía con cuernos y cara de demonio. Era tal el relajamiento que se respiraba en las calles, cada día más llenas de ilusos y alumbrados, que circulaban voces de que la Inquisición abriría un proceso para que los herejes, apóstatas, digresores y otros habitantes de los dominios del demonio, fueran en su carne punidos y castigados. Doña Beatriz apretó la marcha, pero alcanzó a escuchar la voz cascada que le dijo:

—Este Nuevo Mundo no es nuevo, puesto que en él se repiten los sufrimientos de antaño.

Días más tarde hubo un incendio en la calle de la Esmeralda. Cuando el maestro me envió de nuevo a la pila de la plaza, fui a pedir noticias con el ciego Dueñas. Pero el ciego no estaba en la plaza, ni en los muros del Cabildo, ni en la boca del portal. Al dirigirme a la pila, corriendo como de costumbre, di de pecho con un hombre viejo, de ojos cavernosos. Estuve a punto de caer, pero él me sostuvo con fuerza y soltó una risa amarga. En ese instante descubrí que tenía los dientes rotos. El corazón me dio un vuelco.

Fingí seguir de largo, pero en realidad me detuve a observarlo, recatándome entre los portales, mientras cruzaba la plaza con la mano en el pomo de la espada. Poseía un aire militar, parecía un perro viejo que aún conservara la rabia.

Caminé tras él hasta la taberna de la calle de Jerónimo López, en la que solían congregarse criollos y españoles perdidos. Oí que los parroquianos lo saludaban con familiaridad. Luego me perdí en la calle. Resonaba aún en mis oídos aquella risa amarga.

En el tiempo que siguió, esperé con ansiedad la hora en que mi maestro me enviara de nuevo a la plaza. Cuando se presentó el momento, recorrí los cajones, buscando al ciego entre los alteros de ropa y los puestos de losa. Lo hallé, envuelto en un ferreruelo que había visto pasar mejores días, junto al mercado de esclavos. En cuanto dije que había seguido a la taberna de Jerónimo López a un hombre viejo y con los dientes rotos, algo parecido al miedo invadió su rostro. Pidió que lo describiera.

—¡Es él! —dijo en voz baja.

Afirmó que Saldívar estaba de vuelta, que había regresado. Aunque se le creyera en el fondo del océano, una estocada que no se había visto en treinta años, y unos dientes rotos que aparecieran de pronto en la calle, no podían ser coincidencia en un mundo tan estrecho.

—¿Qué tanto importan unos dientes rotos —inquirí—, si la Nueva España se encuentra llena de dentaduras podridas?

—Si los dientes rotos los tiene un mozalbete, no importan nada —dijo el ciego—. Pero
si el que exhibe tal boca es un hombre de cincuenta y cinco o más, la cosa cambia. Porque en
otro tiempo, sólo los conspiradores lucían en
estas calles la dentadura rota.

Crecer en una ciudad es despojarla lentamente de los velos que la cubren. En 1566, poco después de la muerte del virrey don Luis de
Velasco, los hijos de los conquistadores, hartos
de las leyes que los perjudicaban, planearon la
matanza que iba a permitirles desprenderse para
siempre del poder español: el día de la procesión
del Pendón, confundidos entre la gente, varios
hombres de armas esperarían a que una capa
encarnada se agitara en la azotea del Palacio; esa
era la señal que les haría lanzarse sobre los pal-
cos levantados en la plaza, para dar muerte a los
oidores, degollar a los oficiales reales y asesinar,
incluso, a los familiares del virrey. Después de
ejecutada la masacre, penetrarían en Palacio y
prenderían fuego al archivo, hasta que no quedara escrito en sitio alguno el nombre del monarca,
Felipe II, que al suspender las encomiendas de
indios en tercera vida, los llevaba a perder, de
golpe, los bienes y las haciendas que, con gran
derramamiento de sangre y largos años de fatigas, sus padres habían conquistado.

La conspiración se afinó en juntas y reuniones secretas que, con pretexto de jugar a los naipes, eran celebradas en casa de Martín Cortés,

el hijo mayor de don Hernando. Sin embargo, poco antes de la procesión, la conjura fue delatada. La Audiencia ordenó que se reunieran los hilos y se le entregaran nombres, domicilios, rangos y ocupaciones de los involucrados. Las aprehensiones comenzaron de noche, cuando los vecinos se hallaban recogidos:

—¡Sea preso por Su Majestad...! —era la voz que tronaba en la ciudad entera.

Alguaciles y alcaldes ordinarios arrastraban por la calle, a veces semidesnudos, a los hombres que habían prendido. Se hicieron tantas prisiones, que nadie en la Nueva España se sentía completamente a salvo. Bastaba una insinuación, para que cayeran hidalgos, soldados, mercaderes, clérigos e incluso sacristanes. Más de doscientas personas fueron detenidas. A muchas se les sometió al tormento por agua. Los verdugos les echaban en la boca un jarro lleno, y luego otro, y más tarde otro, hasta que los presos se sentían ahogar. A medida que avanzaba el tormento, las víctimas apretaban la quijada, a veces con tal desesperación, que los dientes les estallaban. Otras, eran los propios verdugos quienes, en el empeño de introducir el embudo, se los destrozaban.

No se podía dormir en paz. Los soldados penetraban en las casas y allanaban las iglesias. A toda hora llevaban prendidas las mechas de los arcabuces. Por la noche, se oía rondar a la gente de pie y de a caballo. Cuando la ronda preguntaba: "¿Quién va?", había que contestar: "El rey don Felipe, nuestro señor", o de lo contrario, atenerse a las consecuencias.

Esos fueron los días del degüello en la plaza de Alonso de Ávila y de Gil González. La Audiencia habría continuado con las ejecuciones, pero el sucesor del virrey Velasco, el marqués de Falces, encontró la ciudad tan revuelta, y con tanto encono hacia los oidores, que juzgó que era mejor cesarlos, y aliviar la prisión del hijo de Cortés, a quien llevó a vivir a su propia casa.

Los funcionarios desplazados no aprobaron tales providencias. En sus propias juntas secretas, acordaron malquistar al nuevo virrey con Felipe II: robaron la correspondencia en la que el marqués daba parte de su llegada, y enviaron en la flota otra misiva, donde se sugería que el virrey estaba aliado con los conjurados y alistaba un buen número de soldados con intención de adueñarse del virreinato. En el mismo mensaje hicieron creer a Su Majestad que don Martín Cortés conocía el lugar donde se hallaba oculto el tesoro de Moctezuma, y señalaron que, a cambio de su libertad, áquel le había ofrecido al virrey una buena parte de esas riquezas.

Muchos hombres salieron en aquellos días rumbo a las guerras chichimecas. El ciego perdió los ojos luchando contra los caxcanes:

—A veces le agradezco a Dios que no me permitiese ver lo que continuó —me dijo esa tarde, junto al mercado de esclavos, frente a la casa donde, muchos años antes, don Martín Cortés había tramado la conjura.

Lo que continuó fue el periodo de horror en que Su Majestad, alarmado por la falta de noticias del marqués de Falces, dio crédito a las intrigas, decidió removerlo de su cargo y envió a Nueva España al visitador Muñoz: el hombre que confiscó los bienes de los criollos y desató una cauda sangrienta de nuevas ejecuciones. El verdugo que en nombre de Su Majestad propaló la frase "quien tal hace, tal pague", y sentenció al ahorcamiento a Gómez de Victoria y Cristóbal de Oñate; al degüello a los hermanos Quesada; al destierro perpetuo a Diego Arias, Baltasar Sotelo, Juan Valdivieso y muchos otros. El funcionario que vino a destruir, no a gobernar (según la frase que luego le espetó el propio Felipe II), y desató el odio que permaneció dormido tantos años, y despertó el año aciago en que sobrevino la inundación.

A comienzos de noviembre, el capitán Diego Mejía pidió la mano de doña Beatriz, y mi padre se la concedió. El virrey había ordenado que don Diego saliera a principios del año siguiente a la conquista de la California —para la cual Sebastián Vizcaíno reclutaba hombres diestros en asuntos de mar y experimentados en cuestiones de guerra—. La premura con que la orden debía ser ejecutada, ocasionó que el capitán propusiera que las bodas se celebraran antes del momento de su partida. Mi padre se rehusó. Alegó que el año que iba a durar la expedición le daría a don Diego la oportunidad de volver a Nueva España con mayor honra y haberes. Quería, en realidad, evitar que doña Beatriz corriera el riesgo de enviudar antes de tiempo: las expediciones al norte ignoto se contaban entre las más azarosas: Alvar Núñez Cabeza de Vaca había tardado doce años en volver de una de éstas, y según el ciego Dueñas, después de vagar por el desierto, había regresado a la ciudad completamente loco.

Aunque la resolución no fue del agrado del capitán, se convino que doña Beatriz saliera del siglo, para esperar la vuelta de la expedición en un convento.

La idea de perderla —a ella, también— me dolió. Vivir era mirar desde la ventanilla de un carruaje el paso de personas que desaparecían, quedaban atrás, se iban para siempre. Volví a concentrarme en los "Remedios del amor" de Bernardo de Balbuena. Y una buena tarde, intentando alcanzar la ley de los tonos, imitar el desplazamiento de la mano ágil de mi maestro sobre los lienzos, di las pinceladas finales a mi pintura.

No me hallaba insatisfecho con el resultado de aquel trabajo inicial, pero me faltó valor para someterlo a la consideración de don Andrés. Una herejía contra el arte, había dicho éste en varias ocasiones, no la castiga la Inquisición, pero sí el público con su desprecio, o lo que es peor, con su risa. Así que envolví el lienzo cuidadosamente, con intención de dárselo a doña Beatriz como regalo de bodas. Al pie de aquella primera obra terminada coloqué, lleno de orgullo, una anotación que replicaba la que había visto poner a mi maestro: "Lo mejor que pude".

De paso aprendí, también, a confeccionar los pinceles de don Andrés con pelos de cerdo de distinto grosor: un suplicio que demandaba escoger con especial atención manojos de cerdas negras y blancas, cuyas puntas había que cortar para reunirlas luego con un hilo fino cubierto de cola.

Cierto día en que me hallaba dedicado a esta labor, la vida volvió a alcanzarme. Una carroza dorada se detuvo a las puertas del taller; doña Beatriz descendió, entró en la habitación con los ojos llorosos, y me dijo que en la calle de las Atarazanas había aparecido un nuevo cadáver.

El cadáver del ciego Dueñas.

Casi nadie echó en falta a ese soldado roto y afligido que, como en los versos de Gaspar Pérez de Villagrá, sin obtener más beneficio que los desaires de los pajes y el maltrato de los porteros, había pasado una eternidad arrimado a las paredes del Cabildo, esperando la retribución de sus servicios.

No se le lloró, tampoco. El cortejo fue miserablemente reducido: mi padre, doña Beatriz, algunos criados, y yo, que caminaba entre las tumbas como si atravesara un sueño. De último momento se sumó al desfile el poeta Arias de Villalobos, quien dijo a las puertas del cementerio:

—No habrá ya quién recoja la memoria de los días que se pierden para siempre.

Regresé al taller llorando, convertido en un cuerpo sin alma, y tan dolorido que el maestro ablandó su disciplina y me dejó tumbarme en mi catre durante el resto de esa tarde negra.

Ahí, en ese rincón, las cosas fueron cayendo. Tomaron su lugar, minuciosas y perfectas como una obra de platería.

La última vez que lo vieron con vida, el ciego cruzó el portón, bebió vino tibio, recibió unos cuartos lisos de mano de doña Beatriz, y a continuación reseñó los acontecimientos más notables del día. Esto es lo que doña Beatriz escribió el 16 de noviembre de aquel 1600:

"Junto al Hospital Real, un mozo le dio a una doncella tantas puñaladas, que le sacó las tripas. Del corredor de Palacio cayó de cabeza un mulato, esclavo de un alcalde ordinario: murió poco después, de fractura de cráneo. Un alguacil mató a su mujer, que estaba preñada; le sacaron la criatura a la muerta, y la llevaron a bautizar a Santa Veracruz".

El ciego salió de la casa y se perdió, como siempre, tentaleando las paredes negras. La ronda lo encontró más tarde, tendido en un rincón oscuro de las Atarazanas. No hacía falta preguntar en qué parte del cuerpo había recibido la estocada.

Me alivió saber, sin embargo, que aferrado al puño de la mano derecha, los guardias le habían hallado un viejo puñal de misericordia. Interpreté ese gesto como un signo: había tenido tiempo de escuchar la voz de su agresor; había desenvainado, como una forma de decirme quién era el hombre que lo había enfrentado.

Cuando cayó la noche, me asomé al balcón. Las estrellas brillaban vivamente. La ciudad parecía dormida. Algo retumbaba en mi cabeza como el redoble de tambores durante la procesión del Pendón. Pensé en los pinceles del maestro. Había manojos de cerdas negras, y también manojos de cerdas blancas. Sólo faltaba cortar las puntas, y reunirlas con un hilo fino cubierto de cola.

Al poco tiempo llegaron los cajones de libros y el maestro me envió a la imprenta de Juan de Alcázar a recoger un libro de arte que, a la salida de la última flota, había mandado traer de España. Me acerqué despacio hacia el murmullo diverso de la plaza. Entre el gentío, la revoltura, el apretujamiento, la ciudad me resultó más amplia. La sentí lejana, confusa, indescifrable. Supe, oscuramente, que ya no me iba a ser posible entenderla. Desde la muerte del ciego, un mundo entero se me escapaba.

Avancé dolido, vacío, lleno de miedo. Penetré en la imprenta, recibí el ejemplar que había pedido el maestro, y dejé un mensaje dentro de un pliego sellado. Estaba seguro de que tarde o temprano Arias de Villalobos aparecería en ese sitio en busca de obras recién desembarcadas. Tras mucho devanarme los sesos, había resuelto que no podía sino acudir a él: aunque no se trataba de un hombre de armas, poseía en la razón su propio acero.

El poeta se presentó en el taller una tarde en la que el maestro, seguido por los oficiales, había salido a reparar para la Misa de Aguinaldo las doraduras de un altar de Catedral. En el mensaje que dejé en la imprenta, le había explicado que tenía en las manos el nombre del asesino de los criollos... y del ciego Dueñas.

Apareció, más pálido que de costumbre, con los ojos relumbrando bajo un ancho sombrero sin plumas ni toquillas. Le expuse brevemente la historia, las cosas que el ciego había hilvanado: que el asesino de Juan Fernández de Maldonado, Gonzalo Guzmán, Juan Solís, Francisco Dazco y Juanes de Fuenterrabia era un español con los dientes rotos, llamado Nuño Saldívar. Que lo habían desterrado el año de la conspiración, que había regresado a Nueva España treinta años más tarde, aunque se le daba por muerto. Que poseía el secreto de una estocada imparable, la cual se alojaba siempre en la garganta. Que ese era precisamente el golpe al que había recurrido en las Atarazanas, para evitar ser denunciado:

—El ciego era el último hombre que lo recordaba, el único capaz de reconocerlo —dije.

Arias movió los ojos de un lado a otro, como hacía cada vez que se concentraba.

—Es una historia extraña —dijo al fin.

Se preguntó en voz alta:

—¿Por qué Saldívar tendría que matar a cinco hombres que en tiempos de la conspiración no habían nacido o eran todavía unos mocosos?

—Eso es lo único que el ciego no dijo —respondí—. Pero no puede ser coincidencia que la estocada que mató a los criollos, y que a él tanto le torturaba, fuera la misma que le arrebató el alma.

Los labios de Arias se hicieron una línea.

—No puedo negar que la historia del ciego podría explicar por qué todos los muertos traían un agujero negro a mitad de la garganta. No puedo negar que en el centro de todo se encuentra esa estocada.

—La estocada Clairmont —repetí—. Según el ciego Dueñas, nadie más era capaz de hacerla en la Nueva España.

Le hablé de Joaquín de Clairmont, y del modo que había muerto, emboscado junto a una tapia. Arias bajó la cara. Luego de un rato, volvió a decir:

—Como todos los viejos, el ciego Dueñas pasaba más horas perdido en la bruma de sus sueños, que las que gastaba chismorreando en las plazas. Mas no perdemos nada con averiguar.

Yo no me encontraba aquella tarde con talante de averiguar nada. Me parecía más fácil denunciar a Saldívar en la Sala del Crimen, contar a los alguaciles la historia del ciego, y dejarles a ellos las averiguaciones. Arias me detuvo en seco. Si la denuncia era falsa, él y yo terminaríamos en una mazmorra, con los pies y los brazos cargados de grillos.

—Avancemos despacio hasta estar seguros. Prefiero ir jalando el hilo, y de paso entretenerme mientras se restaña un par de heridas que ando arrastrando en el alma.

El tono de su voz me hizo recordar el día en que, en las alacenas de chinos, Arias de Villalobos había deseado que el arca de Noé también se hubiera perdido. En ese instante, a las puertas del taller, entre el humo de los peroles ardientes, yo también lo deseé. Si el barco de Noé hubiera naufragado en las aguas del Diluvio, ninguno de nosotros estaría viviendo aquel año cruel.

1600 no sería recordado como un año de mierda.

El día de la Misa de Aguinaldo, debido a los oficios de doña Beatriz, el maestro permitió que volviera a mi casa por unos días. Se acercaba la partida de las tropas a la California, y con ésta, el momento en que mi tía sería recluida en un convento. Le había parecido necesario que nuestra corta familia pasara los últimos días junta.

Aunque mi padre se empeñaba en ofrecerle fiestas y galas, encontré a doña Beatriz lejana, encerrada en sí misma, se diría que llorosa. Hoy sé que por esos días poblaba su diario con frases de este tipo: "sólo por ti he temblado", "te llevas tu alma y la mía" y "único dueño de mi albedrío". Le entregué la pintura. Celebró mi copia de *El Tormento* con una sonrisa aturdida, y luego me abrazó. Ignoro, sin embargo, si en ese instante me reflejé en sus ojos. Sólo pude ver en ellos la luz indecisa que se apagaba tras los ventanales. Con esa escena cerramos el año de la inundación.

Un tiempo había terminado. Pronto descubrí que me costaba volver a mis antiguos lugares. No hallaba sosiego en la casa, llena siempre de visitas y agitada por preparativos constantes. No se oía la voz del ciego en el patio: tampoco en los concurridos portales —que a mí, sin embargo, me resultaban vacíos. Visité su tumba en el cementerio. Luego, sin darme cuenta, mis pasos me llevaron de vuelta a Tlatelolco: se me oprimía el corazón al recordar el tiempo pasado en ese sitio; aún podía sentir el aliento y la voz de la manceba india, ver su cuerpo cubierto por una manta que, a cada movimiento de sus brazos, parecía a punto de venirse abajo. Arias de Villalobos sostuvo en un poema que todas las historias que se han escrito en el mundo son historias de aflicción. En el templo, encontré un nuevo sacerdote. Nada más había cambiado: los indios colocaban velas a los pies de los santos y la línea de luz que caía desde la linternilla arrancaba fulgores al altar mayor. Incluso el cuadro de *El Tormento* continuaba en su sitio. Pero no estaba el zafiro, ya no estaba el chalchihuite.

La columna de Sebastián Vizcaíno partió poco después, con redoble de tambores. La gente vitoreó la marcha: una larga procesión de sombras que arrastraba cañones, fardaje, culebrinas. Al frente, con su oscuro bigote de puntas levantadas, el capitán Diego Mejía avanzaba con una mano en las riendas, y la otra apoyada marcialmente en una espada de ancha tasa. Los religiosos hacían caer sobre la tropa una lluvia fina de agua bendita. Sonaban a todo lo alto las campanas en los templos.

Cuando las fuerzas llegaron a la Celada, y pasaron ante los balcones de nuestra casa, don Diego quitó la pluma a su sombrero, la acarició con gesto galante, y la entregó a doña Beatriz (que la recibió bañada en lágrimas).

Al día siguiente, ataviada con una corona y una palma de flores, mi tía ingresó en la clausura. Arias de Villalobos, confundido entre los fieles, miró la ceremonia temblando.

—No volveré a escribir un verso de amor —dijo con sonrisa triste—. Pero si un día tuviera que hacerlo, diría que doña Beatriz estaba tan bien aderezada, que esta tarde "la luna y las estrellas / se vieron trasladadas".

Volvimos, cabizbajos, por la solitaria calle que partía desde el convento. En el Puente del Cuervo, el poeta dijo:

—Lejos del amor, y de momento, indigno de Dios, no hallo más recurso que internarme en el siglo desolado.

Se internó en el siglo, en efecto, con unas cuantas palabras, y con un gesto de la mano que parecía destinado a ahuyentar de sus ojos la visión de una mujer perdida para siempre, enterrada con una corona y una palma de flores.

—Tenemos cinco nietos de conquistadores con el cogote atravesado por una estocada —dijo—. Si creemos que fueron asesinados por un hombre recién llegado, que posiblemente nunca los conoció, debemos preguntarnos qué pudieron hacer sus abuelos o sus padres para que, treinta años después, este hombre venido del fondo del mar decidiera asesinarlos.

Dije que precisamente eso se andaba preguntando el ciego Dueñas. Arias respondió:

—El ciego era autor de una materia: sabía lo que había ocurrido en Nueva España de unos treinta años a la fecha. El resto de la historia, si es que acaso hay una historia, hay que irlo a buscar en el de otra muy distante.

Lo miré sin comprender, de la misma forma en que miraba a don Andrés cuando éste disparaba alguna sentencia oscura. En vez de darme un mojicón, el poeta agregó:

—El único sobreviviente de la generación que vino con Cortés bajó de las naves con diecisiete años cumplidos. Aunque estuvo en el sitio de Tenochtitlan, y presenció la conspiración de criollos, ha cumplido el milagro de resollar todavía. Su nombre es Rodrigo Segura. Si no me fallan las cuentas, acaba de cumplir noventa y ocho años (lo que es poca cosa si se toma en cuenta que el indio Juan Cayetano, vecino de Texcoco, vivió ciento treinta). Sólo hay un problema: desde hace mucho, Rodrigo Segura se encuentra recluido en un convento de frailes de la ciudad de Puebla.

A mediados del siglo pasado, según rezan las crónicas, un tal Julián de Garcés soñó que los ángeles lo conducían hacia un sitio de agua abundante, tierra fértil y clima saludable. Al despertar, se las ingenió para enredar a un crédulo grupo de franciscanos, y arrastrarlos a la búsqueda de aquel vergel. Así llegó hasta el valle en donde iba a ser fundada Puebla de los Ángeles, una ciudad recamada de azulejos, en los que todo el día se refleja el cielo.

Aunque yo carecía en la juventud —y sigo careciendo ahora— de la bondad, la devoción y, sobre todo, de las visitas celestiales que tuvo en vida fray Julián de Garcés, desde la misma tarde en que mi tía fue recluida en un convento, comencé a soñar con recorrer aquel vergel. Frente a la eterna servidumbre que demandaba la iniciación en el arte de la pintura, la idea de viajar a la Puebla de los Ángeles se me apareció como la puerta de escape hacia un mundo donde se hallaban juntas las fuerzas de la vida.

Ante mí se extendían trece años de esclavitud; afuera esperaban, en cambio, llanuras y colinas, estribaciones que se resolvían en picos oscuros, fragmentos de paisajes lejanos.

Si alguna vez las obras de don Andrés de Concha se habían negado a abandonar mi cabeza, de pronto las figuras que alumbraban sus cuadros me resultaron muertas. Todo había empezado mal, y por mal cabo: fallecida mi madre, muerto el ciego, perdida la manceba india, sepultada en vida doña Beatriz —con mi padre ocupado siempre en sus negocios—, terminé por sentirme abandonado a mitad de un mundo sombrío. En cosa de un instante, desfalleció la que creía mi más fuerte inclinación. La garita que guardaba los límites de la ciudad, un punto que en mi imaginación confinaba con los ladrones, los asaltos y los encuentros sombríos, apareció convertida en un camino abierto.

En cuanto Arias de Villalobos inició los preparativos del viaje (él también quería apartarse de una ciudad que le dolía), nada bastó para estorbar mi decisión de acompañarlo.

Como era previsible, se negó. Desde la hora malaventurada en que Mateo Alemán había tenido la importunidad de publicar *El pícaro Guzmán de Alfarache*, dicho libro, dijo, le impedía gozar de mi conversación, y de la de otro cualquiera. No planeaba apartar la vista del volumen, hasta que un carruaje pesado, y más lento que un juicio de testamentaría, lo arrojara en la cerca del convento donde moraba el conquistador Segura.

Mala cosa era entonces la Nueva España. Los mozos de mi generación no sólo descuidaban los estudios, sino que se apoderaban en la casa paterna de todo cuanto pudieran atrapar. Unas cucharas de plata sustraídas de la alacena me procuraron dinero suficiente para pagar el pasaje. Escribí una carta, falsificando la letra de mi padre (no en balde me había entrenado en las artes del dibujo), según la cual se me enviaba a Puebla a consolar los dolores de un pariente moribundo. Se la hice llegar a don Andrés, y el día en que se despacharon los cajones de cartas rumbo a Veracruz, me despedí de mi padre —diciendo que había llegado la hora de regresar al taller.

La suerte me acompañó. Los cajones iban escoltados por una abultada comitiva, viajeros y comerciantes que a caballo, y en aturdidos carruajes, emprendían el camino escarpado cuyo fin es el mar.

Llevaba el rostro cubierto bajo un sombrero de alas anchas; partía debidamente embozado en el ferreruelo negro, que tan buenos servicios me prestara en el pasado. Traía, encajado en el cinto, el antiguo puñal de misericordia que había pertenecido al ciego. Miente quien afirma que infancia y mocedad son las edades del conocimiento, puesto que a veces resultan más imprevisibles y tormentosas que el mar del

Golfo. Sobre todo, cuando el que las porta tiene oscurecido el seso, retorcida la calma, apagado el sosiego.

Arias de Villalobos viajaba, en efecto, con el libro de Mateo Alemán. Pero no pudo seguir una sola línea, debido a los hoyancos y continuos peligros del camino. A eso atribuyo la rapidez con que me descubrió (por más que durante las primeras jornadas mi disfraz lograra recatarme entre los viajantes). Ocurrió mucho antes de alcanzar Huejotzingo, bajo las indecisas formas de un ancho bosque de pinos. Desde luego, armó la de Dios es padre, tremendamente alarmado con el cuidado que le había caído de pronto sobre las espaldas.

Me reprendió con dureza, y amenazó con regresarme él mismo a puntapiés. Tronó contra el desasosiego que iba a sufrir mi padre. Lamentó la mortificación que, acaso en ese mismo instante, estaría padeciendo doña Beatriz.

El demonio, sin embargo, había hallado la puerta abierta para hacer de las suyas: era imposible realizar el tornaviaje solos, afrontando los infinitos riesgos que la ruta depara a los caminantes.

Intenté templar su ira. Si todo salía bien, estaríamos de vuelta antes de que mi padre, doña Beatriz, y el propio don Andrés, descubrieran la trampa. Pasaría todo como una exhalación, y entonces él volvería a sus versos, y yo a los peroles, el aceite, los morteros.

—Necio, terco y curioso, como la tía —murmuró Arias con gesto desesperado.

Aunque Puebla no recibía aún a la muchedumbre que en 1629 huyó de la inundación que por mucho tiempo sepultó bajo el agua a la ciudad de México, sus calles admitían diariamente bandadas de viajeros en busca de fortuna. Debido a aquel alud de forasteros que llegaban de todos los rincones del virreinato, en la ciudad se levantaban a toda marcha nuevas casas, parroquias, conventos, hospitales, colegios, iglesias y capillas. De la casa de moneda donde se acuñaba la mitad de la plata extraída de las minas de Zacatecas, manaba un torrente de riqueza que hacía de la ciudad la segunda más opulenta de Nueva España. Por todas partes se fabricaban paños, fieltros y vidrios. A diferencia de México, sin embargo, las calles parecían entregadas a un sueño moroso y tranquilo.

Desde Santa Catalina a San Jerónimo, Arias de Villalobos recorrió las iglesias, extasiado. Como no existía lugar que no estuviera dedicado a las vírgenes, a los ángeles, a los santos, aquel poeta con aire de sacristán parecía sufrir continuos arrebatos místicos. Llegué a temer que nada lograría sacarlo de aquel delirio epifánico, pero había olvidado que, después de Dios —y ahora, de doña Beatriz—, su otra gran pasión era la poesía.

Lo trajo de regreso al mundo en una calle cercana al atrio de Santo Domingo. En una esquina próxima al templo cayó de pronto de rodillas y depositó un beso sonoro en el suelo. Con ojos brillantes, exigió que me descubriera:

—En esta esquina —dijo con gesto teatral— cayó por la espada *El Cisne de Betis*, el poeta Vandalio, el otro Padre Nuestro: Gutierre de Cetina.

Doña Beatriz me había obligado a memorizar, alguna vez, el poema más conocido de aquel poeta sevillano. No había, en esos tiempos, persona de razón que no fuera capaz de citar completo el madrigal "Ojos claros, serenos". Pero doña Beatriz se había guardado de contarme, acaso porque la ignoraba, la leyenda que rodeaba la muerte de Vandalio.

—1554 —agregó Arias—. No pasaban de las diez. Gutierre se curaba en Puebla de una enfermedad. Conversaba con un amigo a las puertas de su alojamiento. Les pareció temprano para acostarse, le pidieron a un negro una vihuela y salieron a caminar. Era tal la oscuridad, que aún de cerca resultaba imposible divisar nada. Cuando pasaron bajo la ventana de Leonor de Osma, mujer recién casada, aunque más ligera de lo que a su honra y estado convenía, Gutierre advirtió que dos sombras aguardaban en la esquina. Quiso echar mano a la espada, pero no tuvo tiempo… La primera sombra lo hirió en la sien. *El Cisne* cayó en el lodo. La segunda sombra le hundió el estoque en el cuerpo. Las averiguaciones que vinieron después demostraron que lo habían confundido con otro en la oscuridad. Los celos robaron a la poesía a uno de sus grandes maestros y de esa forma se midió el alcance de estos versos: "Tan cerca estoy de muerte / por orden de mis hados / cuan lejos el remedio a mis cuidados".

Pasamos la noche en un mesón, rascándonos las picaduras de chinche. Arias roncó como un bendito. Yo pensé en aquella esquina cubierta de lodo, en la que sólo habían quedado impresos los pies de los transeúntes, las ruedas de los coches, las pezuñas de los caballos.

Despuntaba apenas la mañana cuando un cochero nos señaló la guarida donde Rodrigo Segura pasaba la vejez, enfermo, perlático, y totalmente ignorante de que el destino le reservaba aún veinte años más de sufrimiento sobre la tierra.

El cochero nos relató que, según las murmuraciones de los frailes, el viejo conquistador seguía durmiendo con las armas bajo la almohada. A ochenta años de las guerras de Conquista, no le era dado ahuyentar los recuerdos que, noche a noche, llegaban a bailar macabras danzas frente a sus ojos. Los cuatro mil indios que por orden de Cortés, él y sus compañeros masacraron en Cholula; los cuatrocientos naturales que seguían a Cristóbal de Olid, y que las tropas pasaron a cuchillo en el transcurso de una tarde eterna; el derramamiento de sangre que —el día de San Hipólito— su espada causó en México-Tenochtitlan… un viento que bajaba por los templos, y corría por las calzadas, hasta hacerlo temblar de frío en las paredes austeras de su celda.

El convento se hallaba al fondo de una calle estrecha. Era una fábrica inacabada y, sin embargo, tan rica y opulenta, que parecía que la religión se había empeñado en lanzar en ella todo su resto y competencia.

Arias admiró los relieves de argamasa que en lo alto de los muros imitaban pilastras, nichos, medallones; celebró el acierto y belleza de los arcos ciegos; se valió de su aire de sacristán para que el prior nos recibiera en el locutorio, y una vez ahí besó la túnica de éste con devoción. Luego, comenzó a enredarlo con un extenso arsenal de embustes. Le dijo que el Cabildo acababa de elegirlo para montar en México las festividades de San Hipólito, y que se hallaba en el difícil trance de escribir una obra que celebrara el triunfo de Cortés y cantara los servicios que ese santo, en las horas más amargas de la lucha, había prestado a los conquistadores. Le faltaban, sin embargo, ciertos detalles de carácter histórico, que sin duda el piadoso don Rodrigo tendría muy a bien aclarar.

El prior frunció el ceño.

—Don Rodrigo ha salido del mundo y procura a toda costa olvidar las fatigas que sufrió en otros tiempos —dijo—. Su estado de salud es tan precario, que el sólo recordarlas pone en riesgo su vida. Tantas fueron las cosas que vieron sus ojos… tantas las infamias que cometieron sus manos…

Arias extendió los brazos —otra vez lo hizo teatralmente— y atajó:

—¡Pero el arrepentimiento, querido padre, no está en el olvido! El que olvida, no se ha arrepentido en lo absoluto.

El prior le clavó unos ojillos radiantes de satisfacción:

—Don Rodrigo se ha arrepentido, amigo mío. Ha vuelto de sus malos caminos, y en eso consiste la restauración. En él se ha cumplido el propósito del arrepentimiento.

—¿Debo entender que será imposible verlo? —preguntó, con disgusto, Arias de Villalobos.

El prior asintió. Su cabeza parecía una campana que tañera lentamente en lo alto de un templo. Creí que tendríamos que retirarnos sin alcanzar lo que apenas tocábamos con los dedos. Pero el poeta ensayó otro recurso:

—Informaré entonces a Su Excelencia, el conde de Monterrey, que la misión que él mismo me ha encomendado no podrá ser cumplida. Le diré que el prior de este convento le ha negado el derecho de recibir una obra que reúna, lo digo con sus palabras, toda la verdad, la piedad y la sabiduría, para provecho del prójimo.

Quince minutos más tarde, en una silla de manos, dos novicios llevaban hasta nosotros el cuerpo seco, consumido y frágil, de lo que parecía un cadáver con alma. El conquistador Rodrigo Segura.

Lo veo, nuevamente, bajo la luz cruda y fría de la mañana: una momia, apenas conservada, que emergiera de pronto de la marea del tiempo. Un velo blanco caía sobre sus ojos azules, en los que no brillaba ya luz alguna. Las arrugas le abofeteaban el rostro, deformándolo en una mueca que —no la he olvidado nunca— creaba la impresión de que don Rodrigo se encontrara aullando de pavor. Pero aquel viejo conquistador no aullaba. Emitía sólo unos sonidos cavernosos, guturales, que parecían llegar desde el fondo del agua.

—Lo que vengan a preguntar, pregúntenlo pronto —dijo con aquella voz, y con esos ojos que miraban hacia ninguna parte.

Observé su cabeza vencida, ladeada; los brazos paralizados sobre el regazo muerto. Volví a mirar sus ojos.

Habían visto las naves que ardieron en Veracruz, la ciudad extendida entre los volcanes. Habían visto a Cortés, a Moctezuma, a Alderete, a Cuauhtémoc. Habían visto todo lo que vino después.

Me embargó un sentimiento extraño. Algo que se siente al abrir un cofre en el que se encuentra de pronto algún objeto olvidado.

Cuando el prior y los novicios nos dejaron solos, Arias habló como si quisiera evitar que su voz rompiera un hilo demasiado frágil.

—¿Puede escucharme bien, don Rodrigo?

—El oído es lo poco que me queda. A veces llego a pensar que, después de muerto, seguiré oyendo los pasos de los que caminan en la tierra.

El poeta le tocó el hombro con suavidad.

—No quiero engañarlo —dijo—. Le hablaré con la verdad. En los últimos meses han asesinado en México a varios descendientes de conquistadores. Sospecho que los asesinatos fueron provocados por algo sucedido muy atrás. He venido a preguntarle si alguna circunstancia del pasado, algo relacionado con sus abuelos o sus padres, pudo sellar el destino de esos hombres.

Las manos del viejo comenzaron a temblar.

—¿Qué hay de nuevo en eso? —preguntó—. Morir de mala muerte es el destino de los nuestros.

Hizo una pausa. Agregó:

—Todo cuanto nos ató, todo lo que nos ha pasado, comenzó el mal día en que bajamos de las naves, para descansar los pies en este reino infernal.

Arias abrió la boca para replicar. El anciano empezó a toser. Tosió durante mucho tiempo, hasta que pudo sacar del fondo de su pecho un nuevo andrajo de voz:

—Nos traicionamos, nos perseguimos, nos matamos los unos a los otros. Los hermanos se robaron entre ellos, de modo que ni unos ni otros pudieron disfrutar de sus haciendas. El diablo nos solicitó a través del oro, y por el oro entregamos el alma. No hay nada extraño en que los nietos de esos hombres se sigan mordisqueando como perros. Por eso estoy aquí, arrepentido. He devuelto todos mis bienes a la religión. Sólo le pido al cielo que me permita mantenerme en esta fortaleza, que es también mi cárcel, mi castigo...

Arias lo interrumpió:

—Los muertos son los nietos de Pedro Suárez de Alcántara, Juan Solís, Francisco Dazco, Gonzalo Guzmán y un tal Fuenterrabia.

Rodrigo Segura pareció recobrarse. Por un momento, fue como si el aliento le volviera al cuerpo. Levantó el rostro. Débilmente, sus ojos se iluminaron.

—Hubo entre nosotros un Alonso de Ávila, que fue conquistador de Nueva España —prosiguió—. Éste Alonso perdió su hacienda en manos de su hermano, que se llamaba Gil. Murió desesperado, y maldijo a Gil, y en el último suspiro le pidió a Dios que le hiciera justicia... Gil fue padre de dos hombres que luego colgaron en la plaza, en tiempos en que se descubrió la conspiración de criollos. Tuvo también un hijo que, siendo niño, cayó y se ahogó en una letrina. Y tuvo, asimismo, una niña que al crecer entró en malos tratos con un mestizo. Dicen que los parientes de Gil, no queriendo publicar la deshonra de la joven, le ofrecieron al mestizo cuatro mil ducados para que se fuese a España. El mestizo tomó el oro, y partió. Entonces, los parientes le dijeron a la joven que su amante había muerto en pleito, y que era necesario recluirla en un convento. La muchacha aceptó y vivió una vida tristísima entre los muros de su celda. Pasados quince o veinte años, el mestizo deseó volver a su tierra, y le escribió a un amigo que avisase a la mujer que estaba vivo, y a punto de desembarcar en Nueva España. La mujer era para entonces la última de su estirpe. Cuando oyó la noticia y comprendió que al haber profesado había perdido para siempre la oportunidad de juntarse con su amante, se fue a la huerta del convento y eligió el árbol donde, al día siguiente, la encontraron ahorcada.

Arias hizo un gesto de desesperación. Creyó que don Rodrigo desvariaba. ¿Quién conservaría el seso intacto después de pasarse un siglo entero en el mundo? Pero el viejo continuó:

—Este ejemplo resume por entero la historia de los hombres que llegamos con Cortés, y perdimos el alma en la búsqueda de imperios y de gloria; la codicia de títulos fingidos, que arrancamos con las manos humedecidas en sangre. La historia de los hijos de Gil se replicó en mi generación entera. Nada puedo hacer para apartar la maldición que nos persigue. No puedo interponerme en los designios de Dios, para cambiar la ruta de su justicia.

Arias de Villalobos lo interrumpió:

—Fueron los designios de Dios los que nos han traído hasta su puerta, don Rodrigo. Acaso, Él mismo, a través de nosotros, es el que está tocando esta puerta.

—Maté quinientos indios en México, Tlaxcala y Cholula. Colgué por rebelde a Juan de la Serna. Le corté los pies a Diego de Umbría. Entregué a los perros a los reyes de Xochimilco. Todavía escucho sus voces. Me siguen aterrorizando sus lamentos… Lo que no oí jamás, fue que alguno de los nuestros se arrepintiera. Por eso tuvimos que arder y quemarnos en vida. Nuestros hijos arderán a fuego lento, mientras exista luz sobre la tierra.

Las manos del viejo no dejaban de temblar. Arias se acercó a él, hasta rozarle casi con la cara.

—Su arrepentimiento será inútil, don Rodrigo —escupió—. No le servirá de nada, porque la justicia de Dios manda que no se dañe a nadie, y que miremos siempre por el bien común. Si no atiende mi súplica, si no dice lo que sabe, cada nueva muerte se añadirá a las muertes de esos indios cuyas vidas cortó en México, en Tlaxcala, en Cholula.

El anciano se estremeció. La mueca de pavor que había en su rostro, repentinamente cobró sentido. El pecho le brincó y se le encogió. Sus manos cayeron, se quedaron quietas sobre el regazo. Volvió a ser una momia apenas conservada.

—Los nombres —pidió en el tono de alguien que está a punto de partir.

Arias los repitió. Pedro Suárez de Alcántara, Juan Solís, Francisco Dazco, Gonzalo Guzmán y un tal Fuenterrabia.

El conquistador cerró los ojos. Con un hilo de voz, alcanzó a balbucir:

—Eran camaradas y compadres. Andaban juntos de arriba a abajo. No sé mucho de ellos. Guzmán nos escribía las cartas, pues era el más instruido. A Dazco le apodaban *El Dibujante*. De los otros sólo sé que eran pillos y truhanes. El peor de ellos fue Solís. Le apodábamos *Tras-de-la-puerta*, porque siempre andaba recatado y le gustaba espiar. Así, tras una puerta, escuchó en Izancanac la confesión que, poco antes de ser colgado, le hizo Cuauhtémoc a fray Juan de Tecto...

Las campanas del templo empezaron a tañer. Lo hicieron primero lentamente; después, con gran estruendo. Don Rodrigo prorrumpió un gemido. Su voz se iba ahogando en medio del repique.

—Fray Juan murió en la expedición de las Hibueras, durante el viaje de retorno. Pero los hombres decían que *Tras-de-la-puerta* había escuchado el secreto, y esto le costó la vida años después.

Arias alzó la voz:

—¿Qué secreto era ése?

Las campanadas se extendían por los corredores. A través de la ventana vi que un grupo de palomas se echaba a volar. Rodrigo Segura bajó la cara. Quedó silencioso.

—Don Rodrigo, ¿qué secreto era ése? —repitió Arias de Villalobos.

Pero sobre la silla de manos sólo quedaba un costal de huesos que respiraba débilmente: una momia apenas conservada, una voz que se rehusaba a atravesar el agua.

Salimos del locutorio mientras las campanas de bronce hacían temblar los muros del convento. El prior nos fulminó con la mirada.

—Espero haber servido al virrey. Les ruego ahora que se marchen y no regresen. No habrá poder humano que me lleve a exponer de nuevo la débil vida del capitán Segura.

Desde que traspusimos el portón del convento, Arias de Villalobos cayó presa de visible agitación. Cuando comenzó a hablar, tuve la sensación de que una luz se iba haciendo de pronto en el camino. Al oír las palabras del poeta —que, lo he dicho antes, tenía fama en Nueva España por su conocimiento extraordinario de los hechos del pasado—, recordé la forma en que los relatos del ciego Dueñas parecían alumbrar las cosas del mundo. Esto es lo que escuché aquella tarde en Puebla:

En 1525, cuatro años después de la caída de Tenochtitlan, el maestre de campo Cristóbal de Olid, aconsejado por el gobernador de Cuba, se rebeló contra Cortés. Al volver de la isla, a donde había sido enviado en busca de vituallas y bastimentos, desembarcó en las Hibueras, desconoció la autoridad del capitán general e impuso la suya propia en esa tierra. La noticia de que Olid había llegado con hombres bien dispuestos para la guerra, y se dedicaba a ofrecer obispados y audiencias a quienes lo siguieran, hizo que a Cortés se le dilataran las narices y se le hincharan las venas. Sin escuchar las voces que se alzaban pidiéndole reconsiderar, salió de México con una fuerza compuesta por doscientos cincuenta jinetes, escopeteros y ballesteros, a la que seguían tres mil vasallos mexicas. Había jurado aplastar al traidor que así osaba retar un poder que, después del rey, nadie más poseía en las tierras por él conquistadas.

Para evitar que en la ciudad de México ocurrieran disturbios durante su ausencia, Cortés arrastró consigo al baldado rey Cuauhtémoc. Desde la toma de Tenochtitlan, el capitán no se apartaba un paso de su antiguo enemigo. Lo había retenido como prisionero, le había ordenado que mandara enterrar a los muertos que llenaban las calles de la capital vencida y luego, cuando Alonso García Bravo, *El Jumétrico* (el Geométrico), hizo brotar de un trozo de papel la traza de la nueva ciudad, le pidió que ordenara limpiar de escombros el sitio donde ésta iba a ser edificada. En el tiempo que a Cuauhtémoc le llevó cumplir tantas actividades, Cortés se aficionó a charlar con él. Incluso, lo convenció de que renegara de sus dioses y se bautizara con un nombre cristiano.

La travesía que don Hernando hizo por la selva resultó infernal. La comida se agotó en poco tiempo. Hombres y bestias fueron tragados por los ríos, devorados por los pantanos.

Las tropas pedían volver, antes de perder más fuerzas y quedar imposibilitadas para el retorno. Pero Cortés empujaba a sus hombres a caminar sin rumbo por la maleza. La frondosidad de los árboles no los dejaba orientarse de noche con las estrellas. Con ayuda de una brújula, y de unos mapas imperfectos, el capitán se empeñó en seguir. Todo iba a salirle mal a partir de entonces.

En ese ambiente de peligros sin cuento, alguien previno a don Hernando acerca del rey Cuauhtémoc. En el pueblo de Izancanac, un cacique indio lo acusó de preparar una conjura para matar a los españoles: Cuauhtémoc y un grupo de indios principales tratarían de aprovechar la inferioridad numérica de los conquistadores, y se lanzarían sobre ellos para degollarlos. Luego, instalarían guarniciones en las costas "para evitar que llegasen más".

El capitán tenía los nervios a punto de estallar. Con toda la dureza de que era capaz, interrogó a los acusados y sacó en limpio que los responsables de la conjura eran el rey azteca y un indio llamado Tetlepanquetzal. En juicio sumario, los condenó a ser colgados de una ceiba. Como ambos estaban bautizados, tuvieron derecho a la confesión.

—¿Qué pudo oír *Tras-de-la-puerta* sino el secreto más antiguo que guarda la ciudad de México? —preguntó, con voz trémula, Arias de Villalobos—. ¿Qué pudo ser, sino el mito sobre el que se trazaron las calles, y se levantaron las casas, y se edificaron los templos? ¿Qué otra cosa, sino lo único que a los conquistadores había interesado?

Entramos en la ciudad de México cuando en la Catedral sonaban las campanadas de las tres de la tarde, y en recuerdo de la pasión de Cristo las seguían las del resto de los templos. Nos despedimos bajo la sombra siniestra de la horca, justo a mitad de la plaza. Era la hora en que los rajabolsas y arrebatacapas se confundían entre la muchedumbre para ejercer su oficio. Había bullicio en el mercado, y tráfico de jinetes, carrozas, literas y ganado. Me volvió a doler la ausencia del ciego: mejor buscarlo en los muros del Cabildo que elegir entre presentarme en mi casa, acudir al taller, o enfrentar a mi tía. Supuse que el engaño había sido descubierto. Carecía de valor para enfrentar la ira de mis jueces.

Antes de separarnos, prometí a Arias de Villalobos no mencionar palabra que ligara su nombre con mi desaparición repentina. Tendría que ingeniármelas para salir del lance con mis propios recursos.

Así que me senté en la pila de la plaza, mirando las canoas que transitaban por la acequia Real y desembarcaban ramos en el portal de flores. Caminé luego por el Empedradillo y por la plazuela del Marqués. Recorrí la extensa calle de Tacuba. Allá, en Santa Clara, descubrí que encaminaba mis pasos hacia el sitio de costumbre. No hice nada para evitarlo. Era fácil perderse en la ciudad, convertirse en náufrago que andaba flotando siempre a la deriva.

Al fin, resintiendo las fatigas del viaje, penetré en Santa Cruz de Tlatelolco. Su penumbra volvió a tocarme. Me dejé envolver por ella hasta que afuera se decidió el crepúsculo.

No volví a la ciudad sino hasta que sonaba el tañido de las ocho de la noche. La cofradía de las ánimas salía a la calle para invitar, con sus pregones, a alzar una plegaria por el alma de los muertos. Era la hora en que el ciego tocaba el portón para beber vino tibio. La hora en que se sentaba en un rincón del patio para poblarlo con sus historias. Ahora, sin embargo, mi único camino era el que llevaba al taller de don Andrés.

El resplandor rojizo de los calderos arrojaba sobre la calle una franja de luz bermellón. Entré en la accesoria con la mirada baja. Los oficiales terminaban sus labores. Me recibieron con indiferencia. Pregunté por el maestro: hacía unos días había salido a alguna población cercana, a remozar los frescos de no sé qué parroquia. Pregunté si durante mi ausencia alguien me había buscado.

—¿Quién perdería su tiempo viniendo a preguntar por un aprendiz? —contestó uno de ellos.

Tomé posesión de mi cuarto y me acosté aliviado. A pesar de la fatiga, tuve tiempo de pensar en lo que había vivido durante el viaje. Las imágenes siguieron corriendo cuando cerré los ojos. No pude dormir. Como lo había hecho el día del entierro del ciego, me puse en pie y me acerqué a la ventana. Aquella vez había pensado en los pinceles del maestro, en sus manojos de cerdas negras y blancas.

Y entonces vino algo parecido a un sacudimiento. Con dedos que se negaban a responderme, volqué el pequeño baúl donde guardaba mis pocas pertenencias, tomé el lienzo arrugado que doña Beatriz había hallado en el libro del doctor Cervantes y volví a contemplar la imagen de Alderete, el rótulo misterioso colocado a sus pies.

La escena era tan clara.

¿A qué podía referirse, sino al secreto más antiguo que guardaba la ciudad de México? ¿A qué, sino a la historia del tesoro perdido, lo único que a los conquistadores había interesado?

Con pretexto de llevar agua desde la pila, me dirigí, llegada la mañana siguiente, al convento en que doña Beatriz, a la espera de tomar estado, había ingresado en la clausura. Era un convento regido por la ordenanza del suave yugo, que permite a monjas y novicias recibir visitas en el torno —y hacerse acompañar, incluso, por esclavas y sirvientas sobre las que recaen las labores cotidianas. No estaba preparado para lo que iba a ocurrir.

Lo supe, sin embargo, en cuanto mi tía cruzó la puerta como un meteoro. Había gastado varias horas confeccionando las cajas de dulces que la orden religiosa entregaba a los pobres cada año, y guardado un par de éstas para hacérmelas llegar al taller. La sirvienta que me las llevó, no me había encontrado... Los oficiales —que la noche anterior habían mentido, o no le concedieron importancia alguna a la visita—, tuvieron a bien informarle que me hallaba en la ciudad de Puebla, atendiendo los dolores de un pariente moribundo. Doña Beatriz, que sabía que los Ircio carecían de familia no sólo en Puebla, sino en cualquier otra ciudad del virreinato, mandó a pedir noticias mías entre la servidumbre de la casa. A la mujer que fue a preguntar le dijeron que estaba, como de costumbre, encerrado en el taller.

Al borde de la muerte, con palpitaciones y desvanecimientos —así dijo—, doña Beatriz juzgó que andaba metido en otra de mis imaginaciones. Hizo buscar a Arias de Villalobos para que él, a su vez, me buscara por el cielo, por el mar y por la tierra. Pero la criada volvió con la novedad de que el poeta se hallaba también en la ciudad de Puebla, aliviando los dolores de un pariente moribundo.

Las furias que los griegos sospecharon en el cielo, en el mar y en esta tierra, fueron pocas frente a los males y castigos del infierno que, al ser enumerados por mi tía, revolaron sobre mi cabeza. No encontré mejor manera de parar el inventario que utilizando el remedio de tocar las partes blandas del corazón de doña Beatriz y, al mismo tiempo, de colocar un sebo que espoleara su curiosidad.

Febrilmente, me lancé al relato de mi aventura: dije que fallecida mi madre, muerto el ciego y sepultada ella en vida en un convento —con mi padre ocupado siempre en sus negocios—, me había sentido abandonado a mitad de un mundo sombrío. Luego, con un aire contrito que no tuve necesidad de fingir, hablé de las conversaciones que, poco antes de su asesinato, había sostenido con el ciego: de la muerte de los criollos y del misterio de la estocada; de la prueba incontestable —a mí, al menos, me lo parecía— de que Nuño Saldívar había vuelto a Nueva España para ajustar viejas cuentas y ponerla a temblar como a una anciana enferma.

Dije:

—El ciego pudo mirar lo que los alcaldes del crimen no han podido ver. Pero careció de tiempo para averiguar por qué Nuño Saldívar volvió a Nueva España y le atravesó el cogote a cinco hombres que, el año de su destierro, muy probablemente no habían nacido.

Hice una pausa para medir el efecto de mi relato. La cólera de doña Beatriz seguía latiendo en las venas de su frente, y en la forma en que el aire transfiguraba las líneas de su nariz. Reanudé la carga:

—Arias de Villalobos resolvió que los asesinatos debieron ser ocasionados por algo sucedido tiempo atrás: que el asesino vengaba agravios cometidos por los padres o los abuelos de los muertos... Decidió viajar a Puebla para buscar al hombre más viejo del virreinato y tratar de establecer la causa de aquel agravio... Huí del taller con intención de seguirlo.

Las furias del cielo, del mar y de la tierra, volvieron a tronar de golpe sobre mi cabeza. Lo hicieron bajo admoniciones tan tremendas, que de sólo imaginarlas apreté los ojos. Cuando doña Beatriz paró para tomar aliento, saqué del puño del jubón el viejo lienzo de Alderete y lo extendí ante ella.

—Lo que sacamos en claro durante el viaje fue que los abuelos de los muertos pudieron compartir un secreto: la última confesión de Cuauhtémoc.

Los ojos de Doña Beatriz se desviaron hacia la pintura, clavándose en la imagen altiva de don Julián. Entreabrió los labios. Supe que el fuego que ardía en el fondo de su corazón se había avivado. Seguí, como si me estuviera lanzando de cabeza desde una de las torres de la Catedral:

—Ese secreto fue lo que Alderete y todos los conquistadores andaban buscando. El secreto fue la razón del tormento. El secreto es lo que debe hallarse oculto en este rótulo, del mismo modo en que los piadosos mensajes se esconden tras de las conchas, las uvas y las margaritas que don Andrés pinta en sus cuadros.

Creí que doña Beatriz iba a sufrir un nuevo desvanecimiento. Se masajeó las sienes con fuerza, como para evitar que la cabeza fuera a estallarle. Mientras, me llamó mocoso, borrico, bergante. ¿No sabía que en Nueva España aparecía diariamente un nuevo muerto en peleas de taberna, carreras, palenques y casas de mala fama? ¿Qué había de extraño en que un hombre recién llegado al virreinato conociera a cinco nietos de conquistadores cuando la Nueva España estaba llena de ellos? ¿Ignoraba que los hombres de la Colonia se asesinaban sin más razón que la que les daban los dados? ¿Cómo osaba creer que un ebrio muerto en un callejón pagaba las culpas de sus choznos, sus abuelos o sus padres?

Y luego, ¿mi cráneo era tan duro que se negaba a entender que si aquella historia delirante tenía un viso de verdad, y una espada andaba suelta tasajeando cuellos en la Nueva España, mal frente le podían hacer un mozalbete que aún traía la leche en la boca y un poeta por encargo que más tenía que ver en cosas de la iglesia que en asuntos de bandoleros, asesinos y truhanes?

Doña Beatriz miró el lienzo que se extendía ante ella y masculló:

—Debí quemar este hilacho mal pintado. Desde el malhadado día en que apareció, no nos ha traído otra cosa más que infortunios...

Bajé la cara. De ese modo recibí la orden de no hablar con nadie del asunto, por lo menos hasta que el capitán Diego Mejía volviera de la California.

Mientras, no pondría un pie afuera del taller, a menos que lo hiciera para acudir a la iglesia, salir rumbo al hospital, o ser llevado en tabla rumbo al cementerio.

Quedaba claro que doña Beatriz me retiraría el saludo si faltaba a dichas instrucciones. Ya ajustaría ella cuentas con Arias de Villalobos, y ahora mismo escribiría a don Andrés para pedirle que estrechara la vigilancia, redoblara mis tareas, endureciera la mano. Podía darme de santos de que mi padre no hubiera tenido aún noticia alguna de lo ocurrido.

Me despidió sin mirarme —y sin dejar que le besara la mano—. Salí a la calle con el lienzo en el puño del jubón y el corazón maltrecho y dolorido. En el taller, contra todas mis expectativas, don Andrés me recibió feliz. Acababa de recibir un color que procedía del fin del mundo conocido: un lapislázuli que Marco Polo había llevado siglos antes a la corte de Venecia, y que Van Eyck empleó como base principal en sus trabajos.

—En este frasco hay oro puro —exclamaba eufórico el maestro—. ¡Pocas cosas se han hecho de importancia en las que no haya intervenido este color!

La llegada de aquel frasco sellado con un tapón de corcho me arrancó un suspiro. No porque a la postre significara mi iniciación en la ley de los tonos —el arte de las artes—, sino porque en ese instante no habría tenido entereza para resistir los interrogatorios del maestro.

Don Andrés se desentendió de nosotros, y de todo, y se encerró en el aposento donde, al amparo de San Lucas, santo patrón del gremio de los imaginistas, solía ponerse a trabajar. Cayeron dos heladas, se colocaron en San Francisco unas reliquias que habían llegado de Roma y murió de viejo el bachiller Jerónimo Gómez, de quien se dijo que se hallaba ya en tan mal estado, que para comer era preciso que lo amamantara una mujer española que lo atendía.

Don Andrés aprovechaba la luz desde el amanecer hasta el ocaso, probando el nuevo color. La vida resultaba amarga, y otras veces simplemente desabrida. Seguí preparando las tablas y machacando colores en las moletas de pórfiro. Avancé despacio en el dibujo. Comencé a entrenarme en la aplicación del barniz, cuyo secreto, según el maestro, hacía que las obras sobrevivieran al tiempo. Pasé tardes infinitas mirando de reojo hacia la puerta, intrigado por la ausencia de noticias de Arias de Villalobos.

En este encierro pasaron semanas, en las que don Andrés no me quitó los ojos de encima, e incluso me relevó de la obligación de ir a traer el agua de la pila; sólo me permitía salir a la calle para acompañarlo los domingos a la iglesia.

Doña Beatriz se negaba a contestar las letras que, de vez en cuando, le escribía. Me mantuve atento por si oía noticias sobre una nueva aparición de la estocada Clairmont, pero nada más sucedió en esos días. Aunque cada noche extendía sobre mi lecho el lienzo de Alderete, éste se empeñaba en callar. Y sin embargo, en mí seguía ardiendo la lumbre, seguía ardiendo el secreto.

Su fuego se reavivó la tarde en que el poeta Bernardo de Balbuena llegó a la ciudad, y sostuvo una conversación extraña sobre el uso de los anteojos. Fue también la tarde en que hallé por accidente a Arias de Villalobos.

Acababan, por fin, de enviarme a la imprenta de Juan de Alcázar, a recoger un tratado de arte recién traído por la flota. Encontré a Arias de Villalobos acodado en el mostrador, presidiendo un concurso de poetas conocidos tanto por el desaliño de sus personas como por la buena fama de sus versos. Una corte de viejos que visitaba la imprenta de tarde en tarde, para conocer las nuevas que corrían, leer gratuitamente libros y volantes, y dilucidar toda suerte de materias graves.

Hice señas apremiantes al poeta para que renunciara un momento a aquella sosegada academia. Habría querido relatarle mi encuentro con doña Beatriz, hablarle por primera vez del lienzo de Alderete, pedirle noticias del asunto que traíamos entre manos, pero éste me contuvo con la mirada y procedió a presentarme a un hombre atrozmente feo, que al mismo tiempo parecía atrozmente poeta.

Ganador de concursos literarios en la juventud, Bernardo de Balbuena había pasado los últimos años en un curato de Nueva Galicia, separado por completo de los vicios y placeres de la vida intelectual. Volvía ahora a la ciudad, mordiendo los cuarenta años, convertido en un clérigo regordete al que acicateaba el deseo de encontrar, en las fiestas y los galanteos de la corte, la posibilidad de escalar hacia una dignidad mayor. Llegaba, también, con lo que definió como una "sagrada encomienda": escribir una larga epístola a cierta viuda de San Miguel Culiacán, a la que había prometido contar cómo era la ciudad de México, "joya mayor de la Nueva España".

Mientras Balbuena exponía la forma en que haría caber en su discurso a la ciudad entera, los poetas lo escuchaban con una rara luz en el fondo de los ojos. El recién llegado levantó en minutos un edificio prodigioso por el que pasaban calles, paisajes, personas, edificios. Nadie pudo imaginar, aquella tarde de 1601, que la carta que Balbuena se preparaba a escribir daría lugar al poema más apabullante y hermoso sobre la ciudad de México: *Grandeza mexicana*.

—El problema —dijo el poeta— es que para cifrarlo todo me es preciso mirarlo todo. Y yo
sufro del mismo mal que, hace tres siglos, pade-
ció el poeta español Antonio de Villasandino...

Con voz pesada y lenta, declamó:

Mal oyo e bien no veo.
¡Ved, señor, qué dos enojos!
¡Mal pecado! Sin anteojos
Ya non escribo ni leo.

La corte que lo rodeaba prorrumpió en es-
truendosas carcajadas. Alguien —¿Francisco de
Terrazas? ¿Fernán González de Eslava? ¿Antonio de Saavedra?— replicó que, para fortuna del
bardo, desde la llegada hacía diez años del segundo virrey de Velasco, primero que en la Nueva
España se anduvo paseando con anteojos, el uso
de dichos adminículos se iba haciendo cotidiano
y no se batallaba mucho para encontrar un par
de ellos en el portal de la Preciosa Sangre.

Balbuena comentó, no sin tristeza:

—¡Y sin embargo, mi pobre vanidad se
niega a emplearlos! Además de que resultan ridículos y suelen convertir a su usuario en objeto
de burla, al ser llevados generalmente por hombres de edad avanzada, suelen indicar la proxi-
midad de la muerte. Fácilmente se comprenderá
que no pueden escribir buenos versos personas cuya descomposición se encuentra ya muy
avanzada.

Arias de Villalobos terció:

—Ignoro las costumbres de tierra adentro, amigo Bernardo, pero en la ciudad de México el uso de anteojos es privilegio exclusivo de los nobles y los sabios. Los lentes vuelven graves a las gentes que los portan, y las hacen dignas de ser respetadas. No pocos literatos andan con ellos sobre la nariz, y así se ufanan de mirar letras y objetos que de otra forma les serían negados.

Balbuena se encogió de hombros:

—Por más que se hayan vuelto una moda en la poesía, e incontables metáforas los ensalcen, a mí me siguen pareciendo ridículos, por no decir antinaturales. Ya Íñigo de Mendoza cometió la barbaridad de comparar a la Virgen con dos anteojos, "por cuyo medio los ojos / pudieron mirar a Dios". Por lo que a mí respecta, esos endiablados instrumentos hacen que las cosas pequeñas se vuelvan grandes, que los enanos aparezcan como gigantes y que las lagañas sean miradas como perlas. Falsean la realidad de tal modo, que hacen ver mayores a escritores que son, en realidad, menores.

Aquellas razones me parecían tan enrevesadas, que confieso que estuve a un palmo de caer dormido. Pero si no las hubiera escuchado, muy probablemente no habría ocurrido lo que vino después. Todo lo que vino después.

Cuando la reunión se disolvió, Arias de Villalobos detuvo en la puerta a Balbuena, y le espetó, con amable guiño:

—Me he fatigado tanto frente a los libros, amigo Bernardo, que mi vista comienza a flaquear, y a veces necesito de lentes para poder leer a la luz de las bujías. Gracias a esos instrumentos he descubierto cosas en los libros, que de otro modo no habría encontrado jamás. Deseo sinceramente que la carta encargada por Doña Isabel de Tobar figure entre las obras más acabadas de cuantas vayan a escribirse nunca en la Nueva España.

El semblante de Balbuena se conturbó, al punto de parecer el semblante de otro hombre. Sus ojos se encontraron con los de Arias, y se vio obligado a bajar la vista.

Mi amigo lo tranquilizó con una palmada en el hombro. Explicó:

—Debido a la manera en que los lentes me afinan la vista, he creído hallar un acróstico escondido en uno de los libros que más admiro: el "Siglo de Oro". No encuentro, desde luego, nada grave en ello: Apolo ha ordenado a los poetas que digan que están enamorados aunque no lo estén, y que usen el nombre de una musa, de una dama, como más viniere a cuento.

Balbuena mantuvo la vista en el suelo, profundamente sonrojado. Sonrió con tristeza.

—Mi estado religioso —dijo— me impide cantarle a las musas. No me es dado hacerlo de modo directo, por más que Apolo diga que en ellas se encuentra el origen secreto de la poesía.

Los literatos se abrazaron, sellando de ese modo un pacto de silencio. Cuando Balbuena se retiró, pedí que se me explicara la escena. Arias lo miró alejarse con gesto entristecido. Luego murmuró una frase que me estremeció:

—Hay modos muy inteligentes de ocultar cosas en la música, en los poemas y en las pinturas.

Al igual que cierta tarde, en el taller del maestro, advertí que me quedaba religiosamente atento.

—El "Siglo de Oro" de Balbuena —continuó Arias— alude varias veces a unos ojos verdes, hermosos y rasgados; a unos ojos alegres, de esmeraldas finas. Es tal fuerza de esas líneas, que me puse a paladearlas como si catara un vino. De ese modo tropecé con un mensaje oculto. Un soneto acróstico imperfecto, en cuyas primeras letras descubrí este nombre: "DONA YSABEL DE TOBAR".

Extendió los brazos con el mismo gesto teatral que le había visto en Puebla, la misma súbita embriaguez que en él dejaba a su paso el ángel de la poesía. Declamó:

Dulce regalo de mi pensamiento,
Otra alma nueva para el alma mía,
Nueva a los ojos, no a la fantasía,
A quien hizo el amor su eterno asiento
Ya se ha llegado a colmo mi contento,
Si la esperanza en que este bien vivía
A los dos no fue incierta profecía

Baste ya el padecer, baste el tormento,
El pecho que en tus gustos abrasarse
Dulcemente se deja, te suplica
Eches de ver su fe no ser fingida,
Tomará en esto fuerzas de arrojarse,
Oh nombre ilustre, a hacer por ti una rica
Barata el alma de su nueva vida.

—¿Doña Isabe de Tob? —se preguntó Arias—. Esperé mucho tiempo para poner a prueba la validez de mi descubrimiento —continuó—, y hoy, gracias a la llegada de Balbuena, finalmente la he certificado... La bella pastora de "El Siglo de Oro" existe, es sin duda una viuda joven, que espera noticias de nuestro amigo en San Miguel de Culiacán.

Sus palabras llegaron hasta mí con un dejo de lejanía, como se escuchan las voces cuando uno empieza a dormitar. "Hay modos muy inteligentes de ocultar cosas en la música, en los poemas y en las pinturas...". Me envolvió por segunda vez la sensación de habitar un mundo poblado de señales, de recados ocultos, de abreviaturas del mundo: signos a través de los cuales hombres de tiempos distintos se estaban gritando algo.

Estaba por anochecer y entre los rayos del sol que se hundía cayó sobre nosotros el repentino rumor de las campanas. No volví a ver a Balbuena. Ignoro si escribió el poema con unos lentes comprados en el portal de la Preciosa

Sangre, y si fue debido a eso que en su *Grandeza mexicana* pudo dibujar una ciudad más honda, más pura, más bella, "centro de perfección, del mundo el quicio". Me encontraba, sin embargo, tan obsesionado con la enigmática inscripción del lienzo de Alderete, que a la primera oportunidad asistí al portal en busca de un par de ellos. Los tengo aquí, contra mis ojos, la noche del Señor de 1637 en la que, viejo, escarmentado, resollando bajo el peso de los días, batallo por dar fin a esta relación.

Desde que Catarina Vargas desembarcó en San Juan de Ulúa, las virreinas de la Nueva España han sido, por lo general, dispuestas al exceso, los dispendios, el derroche. Apenas concluidas las solemnidades de su recibimiento, se entregan a colmar los salones del palacio con alfombras, damascos, brocados, colgaduras y cenefas guarnecidas de oro. En cien años de virreinato no ha existido una sola que no haya gastado un lujo inmoderado en sus coches, en sus joyas, en sus trajes. El ciego se burlaba de una que recorría la ciudad en una jaula aderezada de oro. A mí me tocaría presenciar años después la vanagloria de otra que hería tanto la vista con sus suntuosas prendas, que mandaba cerrar las ventanas de su aposento para no escuchar las coplas que la multitud burlona le dedicaba. El derroche solía alcanzar tales extremos que en 1575 el visitador Diego Romano no sólo embargó los bienes del virrey de Villamanrique, sino decidió confiscar también los insultantes vestidos con que su esposa se aderezaba. En una carta que luego dirigió al rey, las virreinas de la Nueva España fueron calificadas como mujeres de libertad, rotura y disolución, a las que todo estaba permitido.

Aunque no se distinguió jamás por el boato de sus predecesoras, doña Inés de Velasco, esposa del conde de Monterrey, era especialmente adicta a la lisonja y caía con facilidad en las trampas de la adulación. Así se tratase de los asuntos más complicados y espinosos, cuantos se acercaban a ella con deleites reales o fingidos lograban a menudo el favor de su intercesión.

Arias de Villalobos le había dedicado por encargo del Cabildo la composición que el día de su entrada a la ciudad adornó cierto arco triunfal erigido en el Empedradillo. Desde entonces, el poeta contaba con su simpatía, que mañosamente iba alimentando con versos entregados en propia mano durante las fiestas y recepciones de la corte. A cambio, recibía las mercedes más codiciadas por los literatos: era el primero en montar comedias o leer sus versos durante las festividades civiles, se le asignaba siempre un lugar de honor en las corridas de toros y solía ocupar los mejores tablados en las procesiones y otras funciones solemnes.

A diferencia de otros poetas de su calaña, no debía aguardar meses enteros para que el Cabildo desembolsara el pago por sus servicios. Algunos lo criticaban por faltar a las ordenanzas que, según Cervantes, Apolo había enviado a los poetas: "que ninguno sea osado de escribir en alabanza de príncipes y señores, para que ni la lisonja ni la adulación atraviesen los umbrales de mi casa". Pero Arias argumentaba que de algo tenían que vivir los escritores en una tierra donde sólo unas cuantas personas eran capaces de leer una hoja de corrido, y desdeñaba las acusaciones diciendo que el buen poeta había de ser juzgado por la buena o mala calidad de sus versos, y no por la procedencia del pan que tan pocas veces le era dado acercarse a la boca.

Aquella noche en que me acompañó al taller luego de despedirse de Bernardo de Balbuena, justificó las razones de su extraña desaparición. Había aprovechado los oficios de la virreina para descender a los archivos del Cabildo: una indicación de ella le había permitido desempolvar añosos infolios, en los que esperaba hallar alguna pista de *Tras-de-la-puerta*, así como de los hombres que en esos años andaban con él como "camaradas y compadres".

—Rodrigo Segura nos dijo que *Tras-de-la-puerta* había escuchado la última confesión de Cuauhtémoc, y que esto le costó la vida años después. Si *Tras-de-la-puerta* fue asesinado por lo que sabía, algún registro debía haber en el Cabildo —dijo.

En esas cámaras misteriosas, entre roídos legajos que el tiempo iba volviendo amarillentos, Arias había reunido los cabos de que lo que llamó "la trama oculta". Una trama que cubrió el reverso de la vida en Nueva España durante los años posteriores a la expedición a las Hibueras, y desató los acontecimientos que conformaron la historia secreta del virreinato.

La tortura de Cuauhtémoc a manos de Alderete había constituido el primer capítulo de esa historia. El siguiente se desencadenó cuando Cortés salió a cazar a Cristóbal de Olid a las Hibueras y entregó el gobierno de la Nueva España a dos de sus hombres de mayor confianza: el tesorero Alonso Estrada y el licenciado Alonso Suazo.

—Poco de nuevo hay qué decir sobre esta parte de la historia —dijo Arias—. Hace algunos años, la gente seguía contando en las alacenas de la plaza antiguas relaciones sobre el ambiente de horror que se vivió en la ciudad a la partida de las tropas: Cortés se había alejado apenas unas leguas, cuando Suazo y Estrada, sus hombres de confianza, se enfrascaron en una disputa por el nombramiento de un alguacil, y llegaron al punto de echar mano a las espadas. El capitán se enteró muy pronto de que el gobierno de la ciudad se hallaba a la deriva, pero en vez de volver, según le dictaba su mejor impulso, envió a la ciudad a calmar las cosas a otros dos supuestos hombres de confianza, el factor Gonzalo de Salazar y el veedor Pedro Almíndez Chirinos. Ambos enredaron de tal modo las cosas, que hubiera sido mejor que Cortés pusiera el gobierno en las manos del diablo.

En los meses en que la expedición, perdida en la selva, se iba convirtiendo en un desarrapado ejército de sombras, Salazar y Chirinos tomaron el control absoluto del Cabildo. Durante el día perseguían con cárceles y grilletes a quienes se oponían a sus designios u osaban criticarlos. Decretaban penas de muerte y perdimiento de bienes contra los regidores que se entrometían en sus determinaciones. Por las tardes, cuando no ofrecían en la plaza corridas de toros y otros regocijos, encabezaban paseos tan llenos de placeres que apenas les dejaban tiempo para tratar los asuntos del gobierno. Por las noches celebraban estruendosos bailes en los que las mujeres danzaban desnudas sobre las mesas y organizaban banquetes en los que el vino se derramaba sin freno.

Pudrieron todo hasta que la ciudad se dividió, y el fuego de la discordia quedó encendido. Los vecinos de México se convirtieron en enemigos, censores o denunciantes.

Alguien se presentó una noche ante Gonzalo de Salazar para decirle que el fantasma de Hernán Cortés acababa de aparecérsele ardiendo en llamas vivas. Lo había visto junto a un templo en ruinas, quemándose en la noche junto a su amante e intérprete doña Marina.

El factor juzgó que dichas apariciones eran la prueba palmaria de que Cortés había muerto, y que la expedición se había perdido sin remedio.

—Aquí comienza a aparecer lo novedoso de la historia —agregó Arias.

Primero, Salazar y Chirinos dedicaron al capitán unas solemnes exequias en las que participó la ciudad entera. En cuanto terminaron las honras fúnebres, tomaron posesión de las casas de Cortés y, alegando una supuesta deuda de éste con el rey, las inventariaron mueble tras mueble y pieza por pieza. No les llevó más de un día comenzar a preguntar sobre el tesoro que, según decían, el capitán mantenía oculto en su residencia. Los criados, los mayordomos, los caballerangos, fueron prendidos e interrogados. Como ninguno dio razón sobre el tesoro perdido, Salazar y Chirinos se lanzaron tras el sobrino de don Hernando, Rodrigo de Paz, que en ausencia del capitán fungía como alguacil mayor de la ciudad y poseía fuerte presencia en el Cabildo.

Rodrigo de Paz era el sobrino más querido de Cortés. Había cuidado sus bienes a su salida de España, y le había prestado dinero cada que el capitán lo había necesitado. Fue llevado a la casa de Gonzalo Salazar. Ahí se le exigió la entrega del oro perdido.

—Mal pudiera entregar tesoros que no existen —dijo don Rodrigo.

Según las investigaciones que vinieron después, el alguacil mayor fue sentado en un sitial, con el cuerpo atado. Luego de despojarle el calzado, le quemaron los pies con tal saña que se le desprendieron los dedos. En andas, pues el fuego le había consumido hasta los tobillos, fue mandado a la horca acusado de bandolero.

Si el oro no se encontraba en las casas de Cortés, debía estar sepultado en algún otro rincón de la ciudad. Salazar y Chirinos enderezaron sus investigaciones alrededor del círculo más cercano al capitán. Los hombres más adictos a Cortés fueron prendidos. Algunos de ellos, muy pocos, con ayuda del fraile Motolinía, lograron refugiarse en San Francisco. Los días se llenaron de odios, de rencores, de zozobra.

En ausencia de Cortés, Gonzalo de Salazar decidió proclamarse gobernador y capitán general de la Nueva España. Sus primeras actividades consistieron en apoderarse de las casas y los bienes de los conquistadores "muertos" en las Hibueras. A continuación, lanzó un bando que ordenaba a sus "viudas" casarse nuevamente con los hombres solteros que habitaban la colonia.

—Sólo una mujer se rehusó —dijo Arias—, y la azotaron por las calles acusándola de hechicera.

Durante el tiempo en que los dos compinches estuvieron al frente del gobierno de la colonia, se conformó una lista de hombres que acabaron desterrados, enjaulados o con los pies balanceando bajo la horca de la plaza.

—¿Qué había detrás de todo aquello? —preguntó el poeta—. ¿El deseo de desmontar el poder de Cortés, acabando con sus adictos, o el empeño de hallar a toda costa el oro que los conquistadores habían visto brillar en las cámaras de Moctezuma, y que luego de la Noche Triste había desaparecido?

Hoy se sabe que Cortés se metió a llorar en su tienda cuando llegó la noticia de que su sobrino había muerto. Debió enterarse del suceso en los días en que acababa de decretar el ahorcamiento de Cuauhtémoc. Resulta irónico, extraño: mientras la búsqueda del tesoro desataba el terror en la ciudad de México, cinco soldados jalaban el cabo en Itzancanac, al otro extremo de la Nueva España.

A la sombra de la ceiba donde se balanceaba el cuerpo del rey azteca, iniciaba el tercer capítulo de la trama secreta.

—Si Rodrigo Segura está en lo cierto, *Tras-de-la-puerta* escuchó el secreto que en Nueva España todo el mundo andaba buscando —dijo Arias—. Las palabras que Cuauhtémoc dijo antes de morir, y que sólo conocía fray Juan de Tecto, el confesor que murió de hambre en el camino de retorno.

Arias desdobló un manuscrito que llevaba entre las ropas: las anotaciones que había realizado en su visita a los archivos del Cabildo.

Avanzábamos entre el ruido de los coches, el murmullo de los pregones, las campanadas de los templos. Algo que no me gustaba parecía zumbar en mis oídos. No supe qué. El poeta se detuvo para consultar el manuscrito y traer a la conversación una serie de nombres, de fechas, de datos. He pensado tanto en todo aquello, que a pesar de mis años sigo siendo capaz de citarlo de memoria:

En 1527, el inquisidor apostólico fray Domingo de Betanzos llegó a la ciudad para ejercer, por bula *Omnímoda*, su temible ministerio. Apenas instalado en la casa que se le destinó para despacho y vivienda, comenzó a reunir información sobre el desorden que se vivía en Nueva España, y las libertades de la lengua en que incurría la mayor parte de sus habitantes. Al cabo, hizo prender a más de veinte conquistadores, a los que entabló procesos por blasfemia. Eran los tiempos en que Cortés había regresado de la expedición, y en que Salazar y Chirinos, relevados del mando, pasaron un año entero dentro de una jaula, a la que se acercaban hombres, mujeres, muchachos y viejos, para arrojarles lodo y cáscaras de fruta a la cara. Se vivía un fiero clima de revanchas, denuncias, acusaciones. Uno de los primeros en caer bajo el dominio del inquisidor apostólico fue Juan Solís, mejor conocido como *Tras-de-la-puerta*. Fray Domingo había lanzado dos cargos terribles en su contra:

cada que Solís se embriagaba, renegaba de la virginidad de María y la llamaba puta; y cuando jugaba a los naipes, solía invocar al diablo para que lo ayudara a ganar.

El juicio demostró que el reo había blasfemado en forma tan abominable, que no podía pensarse que creyera en Dios. *Tras-de-la-puerta* fue sometido a la cuestión de tormento: mientras giraban las manivelas del potro, aceptó ser colérico y poco delicado en sus expresiones; se declaró apasionado jugador de naipes; aceptó que casi nunca recordaba lo que había dicho o hecho cuando estaba ebrio, pero negó, "por Nuestro Padre Jesucristo, la Santísima Virgen y los Benditos Santos", las acusaciones que se le imputaban. Presentó testigos que aseguraron que a lo largo de su vida se había comportado como buen cristiano.

—El proceso fue tan breve que cupo en la carilla de unas cuantas fojas —señaló Arias—. Sólo aparecen la denuncia del fiscal, el acuerdo del inquisidor, la declaración del culpable, la sentencia y la notificación. Todo ello minúsculo y contundente. Lo único claro es que en octubre de 1527, *Tras-de-la-puerta* fue llevado a la plazuela del Marqués para ser quemado en leña verde. Fue necesario amordazarlo por las blasfemias que decía cuando las llamas comenzaron a lamerle las carnes, y tostarle la piel, y achicharrarle el cuerpo.

El poeta se detuvo bajo el hachón que alumbraba el pórtico de una casona. Bajo esa luz crepitante vino el resto de la historia.

Durante los dos años siguientes, veinticuatro conquistadores fueron juzgados bajo cargos de blasfemia. Cada uno de los juicios fue llevado por el infatigable fray Domingo de Betanzos. En las actas que Arias había consultado desfilaban personajes como Hernando de Escalona, Gregorio de Monjaraz, Bartolomé Quemado y Juan Rodríguez de Villafuerte...

—Nombres que de momento no significan nada —dijo el poeta—. Pero de pronto, en esas mismas actas, aparecieron los nombres de otros cuatro procesados: Gonzalo Guzmán, Pedro Suárez de Alcántara, Juanes de Fuenterrabia y Francisco Dazco. Nada más y nada menos que los compadres de *Tras-de-la-puerta*.

Los ojos de Arias bullían de excitación. Un brillo plateado cruzaba su mirada:

—Cuando encontré esos nombres, supe que la historia estaba dando un giro, una vuelta perfecta. A primera vista, los conquistadores sentenciados por fray Domingo parecían sólo un puñado de herejes juzgados bajo el edicto de 1523, que había considerado pecados jugar a los naipes, usar expresiones obscenas, no asistir a misa, jurar en vano, blasfemar contra Dios, faltar a la abstinencia de los viernes y realizar prácticas judaizantes. Una segunda ojeada, sin embargo, me dejó ver que los reos de fray Domingo poseían otra cosa en común: todos eran partidarios, amigos o aliados, de Cortés. Lo habían acompañado en las guerras de conquista, habían formado parte de la expedición a las Hibueras, habían quedado en la ciudad durante el gobierno de Salazar y Chirinos, velando por sus intereses y frenando las intrigas de sus adversarios. No aparece en los procesos del inquisidor un sólo sentenciado del bando contrario: los veinticuatro hombres habían sido leales a don Hernando.

Añadió Arias:

—La tarde en que aparecieron en las actas Gonzalo Guzmán, Pedro Suárez de Alcántara, Juanes de Fuenterrabia y Francisco Dazco, sentí que había encontrado un hilo suelto. Por una razón: fray Domingo aplicó sentencias leves al resto de los condenados: los obligó a hacer descalzos el recorrido hasta el santuario de Nuestra Señora de la Victoria, y luego les hizo asistir a misa amordazados, con una vela entre las manos en señal de penitencia. Sobre algunos de ellos pesaban cargos terribles: ponían crucifijos bocabajo, hacían mofa de la confesión, leían libros prohibidos y renegaban de la virgen y los santos. Uno de ellos se había orinado en un crucifijo. "Ya está como se merece", había dicho. Pero fray Domingo se mostró extrañamente compasivo al momento de aplicarles su santa justicia... En cambio, las sentencias dictadas a Guzmán, Fuenterrabia, Suárez de Alcántara y Dazco fueron rigurosas, implacables: uno tras otro salieron de la cámara del tormento para ser llevados desnudos, bajo escarnio de la gente, al tablado que los aguardaba en la plazuela del Marqués.

El poeta consultó su manuscrito. Leyó en voz alta:

—12 de septiembre de 1527: Gonzalo Guzmán es acusado de poseer un tratado de nigromancia con el que pretendía adivinar la suerte. Se le quema cuatro meses después. 24 de enero de 1528: sale rumbo a la hoguera Pedro Suárez de Alcántara, acusado de renegar de los sacramentos y vituperar la imagen de Cristo. 15 de febrero de 1528: es condenado a la hoguera Juanes de Fuenterrabia, que adolorido por las bubas había gritado que Dios no tenía poder para curar las enfermedades ni para redimir los pecados. 8 de abril de 1529: Francisco Dazco es acusado de blasfemar contra Santa Ana, la abuela de Cristo, a la que, según fray Domingo, el propio Dazco había pintado en una tabla haciéndole exhibir sus partes pudendas. Fue llevado al Quemadero a finales de ese año.

Arias dobló el manuscrito y volvió a guardarlo entre sus ropas. Caminamos en silencio hasta que el fuego bermellón que ardía en los hornos del taller resplandeció en el rostro del poeta. Sus ojos se entrecerraron. Una línea profunda se le dibujó en la frente.

—Queda claro que la orden dominica, representada por fray Domingo, desbarató el poder de Cortés a través de una airada ofensiva. Fue el camino a través del cual la Corona preparó la llegada del primer virrey de la Nueva España. Lo extraño es que el peso de la Inquisición dominica recayó únicamente sobre cinco soldados que, según el relato de Rodrigo Segura, "andaban de arriba a abajo, como camaradas y compadres". Cinco soldados que tal vez compartieron el secreto que había oído *Tras-de-la-puerta* y que, de entre todos los soldados que hicieron la conquista, se contaron como los únicos fulminados por el arduo fuego de la Inquisición. Cinco soldados cuyos descendientes, para enredar más las cosas, serían asesinados ochenta años más tarde, lo que significa que algo los mantuvo unidos más allá de la tortura, de la hoguera y de la muerte.

El martes de la Anunciación, la Inquisición volvió a prender a la beata que había salido del mundo y regresado el mismo día, después de haber muerto de un dolor de costado. No existe memoria de tanta multitud de gente siguiendo a cada paso el prendimiento de algún otro hereje. La ciudad se volcó tras la carretela verde de los inquisidores, desde las Cocheras hasta la calle de los Bergantines, y caminó detrás de la vieja lanzando sobre el coche vituperios y gargajos.

Desde su liberación de las cárceles secretas, la fama de la beata se había alzado como espuma en un pocillo de chocolate ardiente. La gente se reunía en su casa para verla en arrobo, y parecía vivir al ritmo de los hechos producidos a su alrededor. En todas partes se oía que durante sus raptos se arrastraba con celeridad pasmosa y podía elevarse a tal altura que alguna vez se había descalabrado en el techo. Era imposible caminar una calle sin escuchar que la beata había pronosticado una muerte, sanado una enfermedad, o encontrado algún objeto que, en la confusión del mundo, sus dueños habían perdido. Jóvenes señoras con rostros perfumados la seguían a toda hora para saber si los hombres con quienes trataban tenían relaciones con otras mujeres. Las viudas la buscaban para saber la suerte de los difuntos y recibir consejos que pudieran extraerlos de lo que la vieja llamaba, con aire enfático, el "penacularío": un lugar contiguo al purgatorio, pero más feroz y desolado que éste.

Si en tiempos de la inundación el licenciado Lobo Guerrero se había mostrado clemente ante tales jactancias en cosas sobrenaturales, esta vez el alguacil mayor no pudo tolerar que la beata anduviera metida en asuntos de *Tasnerios*, papeles supersticiosos y tratados quirománticos. Una vecina acababa de denunciar que la vieja se ufanaba de que alguien le había ofrecido una fuerte suma en oro de minas, si acaso podía encontrar, a través de sus revelaciones, el libro perdido del conquistador Botello, el astrólogo, venido con Cortés, que había predicho la muerte de los españoles el 30 de junio de 1520, en caso de que éstos no abandonaran cuanto antes México-Tenochtitlan.

Era fama que Botello, *El Quiromántico*, había perecido durante la Noche Triste. Alguien, no se supo quién, recogió aquella noche, en uno de los puentes, la petaca que contenía sus pertenencias: cuando los españoles estuvieron a salvo, encontraron en su interior el libro lleno de signos, rayas y apuntamientos, con que Botello se echaba la suerte a cada paso. Un volumen en el que las letras hablaban "unas contra otras", y en cuyos márgenes poblados de escolios el astrólogo había escrito con letra temblorosa: "Si me he de morir aquí en esta triste guerra en poder de estos perros indios", y en el que, páginas más adelante, se había contestado: "No morirás", "Sí morirás", "Sí me han de matar, y también a mi caballo".

Nadie había vuelto a saber el paradero de aquel *Tasnerio*, y nadie, tampoco, se lo había preguntado.

En todo caso, el prendimiento de la beata causó un nuevo revuelo. Eran tantos quienes se reunían para ver sus arrobos, tantos los que creían en sus supersticiones, que nadie era capaz de decir por dónde saltaría la liebre a la hora en que el Santo Oficio empezara las averiguaciones.

Desde la puerta del taller, un paso atrás de don Andrés, semiescondido entre los oficiales, miré la marcha enardecida de la multitud. Mientras la carroza verde avanzaba con trabajos por la calle, la gente le gritaba a la beata "hechicera" y "chuparratones", y la acusaba de ofrecer hierbas que ayudaban a *alcanzar*, a facilitar que los hombres perdieran la honra de las mujeres.

Aquella vieja seca, enjuta y amarilla —sin espejos en las uñas y con el burdo sayal del Carmen colmado de cruces y escapularios—, avanzaba temblorosa hacia su destino. La miré, la miré, la miré. Iba directo a la frase que ninguno de nosotros querría escuchar jamás: "Que diga la verdad por reverencia de Dios, y no se quiera ver en tanto trabajo, en el que tiene tanto que pasar y padecer". Iba directo a la cámara en donde había de enunciarse el discurso del tormento: "Que se le desnude en carnes y se le liguen los brazos, y se le amoneste que diga la verdad". Sentí terror y escalofrío. No sé si porque aquella vieja desvalida se acercaba al recinto más temido del Nuevo Mundo, o porque descubrí que tras la carroza, expectante, confundido entre la multitud, avanzaba con la mano en el puño de la espada —y su aire de perro bravo, y también sus dientes rotos—, el asesino del ciego y los cinco criollos. El dueño de la estocada Clairmont. Nada menos que el muerto resucitado.

Nuño Saldívar.

Al paso de la siniestra procesión, Don Andrés de Concha sufrió un desvanecimiento. El Santo Oficio poblaba sus pesadillas desde 1568, año en que su amigo y maestro Simón Pereyns fue procesado por decir que prefería pintar retratos de personas que imágenes de santos. Tres vueltas de potro y tres jarros de agua ayudaron a Pereyns a recapacitar. El Tribunal lo condenó a pintar el retablo de *Nuestra Señora de la Merced,* que desde entonces provoca en Catedral el éxtasis de los fieles —así como la envidia del miserable y competido gremio de los pintores—. Durante mucho tiempo, nadie fue capaz de igualar la magnificencia de aquel retablo, los prodigios que en 1568 surgieron de las manivelas del potro. Pero en Nueva España no existía tampoco un solo imaginero que deseara pagar el precio que costaba alcanzarlos. *Nuestra Señora de la Merced* fue la obra mayor de las Indias, Islas y Tierra Firme del Mar Océano, hasta que De Concha pintó *El Martirio de San Lorenzo* y Baltasar de Echave, *El Viejo*, la *Presentación del Niño al Templo*.

Mientras los oficiales se echaban al hombro el cuerpo vencido de don Andrés, para llevarlo hasta un sillón acojinado, se me ordenó salir en busca de Juan de Cuenca, el médico de éste. He explicado ya que en aquellos años mi cabeza parecía habitada por un potro más salvaje y difícil de domar que el potro mismo de la Inquisición. En lugar de cumplir con el mandato, encomendé a don Andrés al santo patrón de nuestro gremio, prometí poner una libra de cera a los pies del buen San Lucas, y una vez en la calle me lancé a seguir de lejos la capa azulada de Nuño Saldívar. Me encontraba, nuevamente, a mitad de dos caminos. Y, una vez más, elegí el peor.

La carroza avanzó entre los baldones de la gente, de vuelta a las cocheras de la Inquisición. Saldívar siguió el cortejo hasta que la figura lívida y vacilante de la beata desapareció tras el pavoroso portón en que alzaba el lema: *Exurge, Domine, et judica causam tuam.* Cuando la chusma, a la que la simple visión de aquella puerta había sumido en hondas cavilaciones, comenzó a disiparse por la calle, Nuño se alejó a grandes pasos: la Cerca de Santo Domingo, los Alguaciles Mayores, la calle de la Guardia, Ballesteros, las Carreras.

En 1577, Felipe II prohibió a los habitantes de la Nueva España, sin importar su estado o condición, el uso de coches y carrozas. Había tantos en las calles que los caballos, en vez de ser destinados para fuerza y defensa de la tierra, eran empleados para acarrear la grave dignidad de damas, mancebos, caballeros, clérigos, militares, funcionarios. El rey no sólo prohibió andar en ellos. Le prohibió a Nueva España también tenerlos: no podía ser traído coche alguno a las Indias, ni mucho menos fabricarse en éstas. Nadie, para mi fortuna, cumplió con aquella cédula. La multitud de carruajes rojos, negros y dorados que aquella tarde recorría con paso tardo las calles amplias de la traza, me permitió seguirlo sin riesgo de ser visto. Recatado, con el desabrimiento que el miedo me dejaba en la boca, atravesé casas, palacios y solares hasta una oscura vivienda de las Arrepentidas, en la que Nuño Saldívar se coló de pronto. Era más fácil encontrar una aguja en un pajar, que volver a mirar el mismo rostro en una ciudad que hacinaba dentro de sus calles poco más de cien mil personas. Ahora, la trama misteriosa que en los últimos días tantas cosas parecía enlazar de golpe, me había llevado a la madriguera del hombre al que, sin saberlo, la Nueva España entera andaba buscando. Regresé al taller con el corazón galopante y una desbordada sensación de dicha. El ciego Dueñas podía dormir tranquilo en el fondo de su tumba. Aquella tarde, Nuño Saldívar, el asesino de los criollos, finalmente había sido cazado.

Las cosas, sin embargo, nunca son como uno espera. Por eso, González de Eslava tituló una de sus piezas: "A veces, donde cazar pensamos, cazados quedamos". Cuando volví al taller, esgrimiendo el embuste de que era imposible encontrar a Juan de Cuenca porque éste había salido, como todos, a mirar el prendimiento de la beata, hallé a don Andrés repuesto y descansando en su aposento. Me felicité de mi suerte y del interés de San Lucas por la cera prometida. Pasé la noche saboreando mi triunfo, eligiendo en la oscuridad las frases con que, llegado el momento, pondría a disposición de Arias de Villalobos los frutos de mi arrojo. Había olvidado que en la Nueva España hay un refrán que dice: en guerra, caza y amores, por un placer siete dolores. Para que tal sabiduría pudiera cumplirse, era necesaria una nueva oleada de sinsabores. No tardaron en aparecer, y lo hicieron por la ruta más descarnada y oscura.

Un día después de aquel martes de la Anunciación, llegaron a la ciudad cartas que informaban que la expedición de conquista de la California había fracasado. Grandes temporales mantenían varados los barcos. La tripulación que Sebastián Vizcaíno acababa de embarcar en Acapulco, había enfermado de escorbuto. Aunque unos cuantos hombres, los únicos capaces de empuñar el timón, intentarían seguir la marcha hacia el norte, Diego Mejía volvía a la capital escoltando un ejército de sombras.

Estaba cerca, pues, el tiempo en que doña Beatriz abandonaría el convento para tomar estado.

Acababa de escribir a mi padre a Zacatecas, para darle cuenta de la noticia, cuando el Alcalde de la Corte fue avisado de que el portón de mi casa había sido violentado. En el patio habían hallado los cuerpos del cochero y el lacayo, ambos con el cráneo dividido de un tajo, y en las piezas superiores los cadáveres desfigurados del cajero y de siete esclavas negras. Todos presentaban heridas tan cortantes, que la menor de ellas, en opinión de los Prácticos, era mortal por necesidad. Parecía que una manada de perros feroces hubiera atacado las habitaciones. Muebles, ropas, libros, papeles, candelabros, espejos, jarrones… no quedaba en pie objeto alguno. En una sola noche, el menaje entero había sido reducido a un puñado de astillas.

Cuando un vecino llevó la noticia hasta el taller, y corrí por la calle, tuve la impresión de que el vecindario había dejado de respirar. Rostros demudados y llenos de espanto se agolpaban en la calle. Parecía un milagro que doña Beatriz se encontrara en el convento, que mi padre llevara meses lejos de la ciudad, que la fortuna, bajo el disfraz de mi obstinación, me hubiera arrastrado al taller de don Andrés —aquella tarde que hoy me resulta increíblemente lejana.

Una mano manchada de sangre había quedado impresa en los muros de la escalera: era el rastro espeluznante que los asesinos habían dejado durante su viaje hacia las piezas superiores. La vela de cera que usaron para alumbrarse se hallaba tirada en el corredor. En el zaguán, a un lado del portón, los atacantes habían abandonado varios sacos repletos de trastos y vituallas. El baúl de la plata aparecía descerrajado.

Nada pudo impresionarme tanto como el hallazgo final: el cuerpo del cajero, tirado boca abajo en una de las piezas principales, y al que habían golpeado con tanta saña que sus sesos se encontraban derramados en el suelo. La imagen me produjo una indecible sensación de asfixia.

Viví las horas que siguieron como si aquel día estuviera ocurriendo en un planeta irreal. Un mundo distante, tocado por los sueños, en el que Dios se hallaba en otro lado. Una realidad triste y desolada, como un palacio luego del incendio devastador.

Aquel mundo, sin embargo, no era otro que la Nueva España.

Entre gritos de pavor de la muchedumbre, amontonada a las puertas de la casa, los cuerpos fueron llevados en tablas a la Real Cárcel de la Corte. El virrey le ordenó al capitán de la guardia la inmediata detención de los culpables. Los oficiales de la Sala del Crimen recibieron la instrucción de revisar los caminos, las garitas, los hospitales, los mesones. Se montó una guardia especial en las platerías, por si gente sospechosa apareciera con intención de tasar o vender.

Por lo pronto, parecía que a los asesinos se los hubiera tragado la tierra.

Cuando un enviado de don Andrés vino a decirme que doña Beatriz me reclamaba en el convento, me abrí paso entre la gente con la extraña sensación de que en mi cuerpo se desbordaba la desesperación. La hallé, ávida de noticias, con el semblante convertido en una hoja de papel. Escuchó mi relación, tiritando en silencio. En la cueva de sus ojos dos seres diminutos se hallaban profundamente quietos. Cuando habló, fue como si emergiera de siglos de cavilación:

—Están buscando el lienzo, Juan —me dijo.

Meditó un momento sobre las palabras que acababa de decir, y agregó, haciendo de su voz una ráfaga de viento:

—Entraron en la casa a buscar el lienzo escondido en el libro de Francisco Cervantes. Saben que lo tenemos, y anoche fueron por él.

Doña Beatriz desapareció rumbo a su celda y regresó con uno de los libros que había llevado consigo a la clausura. Un volumen que yo conocía hasta la saciedad, el mismo que mi padre le había enviado para convencerla de viajar a México. Los diálogos latinos del doctor Francisco Cervantes de Salazar.

Arrojó el tomo sobre la mesa y me pidió que leyera el nombre del propietario, las letras temblorosas que manchaban con tinta sepia un extremo de la primera página. No tuve necesidad de hacerlo. Sabía que en aquella hoja aparecía el nombre de mi abuelo, Martín de Ircio, así como su *ex libris: inter folia fructus*.

Los pequeños seres dormidos en los ojos de doña Beatriz parecieron convertirse en dos estrellas instantáneas. Dos estrellas que en las largas horas de la reclusión no habían cesado de girar. Con voz apagada y baja, me pidió que recordara la historia de mi abuelo, las cosas que se decían a la hora del crepúsculo, cuando las rosas del patio se ponían grises y las criadas llevaban hasta el salón bandejas con bizcochos empapados en miel, pocillos aromáticos de chocolate caliente. Yo no tenía, sin embargo, gran cosa qué contar. Las cosas familiares son las que dejamos siempre para el último.

En 1519, Martín de Ircio conoció a Cortés en Cuba. Se embarcó rumbo a Veracruz con las tropas y figuró en todos los hechos de armas de la conquista, de la toma de Tenochtitlan a la expedición a las Hibueras. Cuando la tierra quedó al fin pacificada, recibió varias encomiendas; luego, se entregó a la minería. Al correr de los años amasó una fortuna de importancia, que inclinó al virrey de Velasco a traer a su hermana de España para desposarla con él. Siguió una vida larga, próspera, aburrida, que terminó con una apoplejía que lo llevó a la muerte en la misma casa de la Celada en la que yo nací varios años más tarde.

La mirada de doña Beatriz reprobó mi exposición. Pasaba por alto un dato fundamental:

—Don Martín fue el primer alcalde de la ciudad de México —dijo.

Me froté la cara con ansiedad. Pero aquella tarde había volado la paloma. Las imágenes brutales que rondaban mi cabeza no dejaban espacio alguno para pensar. Sólo estaba la ocasión de apretar fuerte los dientes. Doña Beatriz continuó:

—Tal cosa significa que don Martín tomó parte en los procesos que fray Domingo de Betanzos abrió contra los amigos de *Tras-de-la-puerta*. Él debió ser quien recibió a los reos cuando la Inquisición dominica decidió entregarlos al brazo secular. Debió ser él el encargado de ordenar los preparativos de la ejecución, y de llevar a los infelices rumbo al cadalso.

Clavé la vista en mi tía, bellísima en aquel fulgor que le bailaba en los ojos, algo indefinible provocado por el miedo, la curiosidad, la excitación.

—No creí una sola palabra de tu historia, hasta que hice traer a Arias de Villalobos para reprenderlo y pedirle una explicación de aquel disparatado viaje que hicieron juntos a Puebla. Su visita duró una tarde, pero sembró de interrogantes todas las horas que siguieron. Desde que volví a escuchar aquella historia, no he logrado que se aparte de mi entendimiento. Cada tarde y cada noche, Dios me perdone, las he pasado recogiendo sus pedazos.

Lo que siguió lo escuché con sorpresa, con estupor, con envidia. Fui invadido por una admiración creciente, desmedida.

—Arias de Villalobos y tú quisieron seguir el cabo desde el principio —añadió doña Beatriz—. Yo me limité a seguirlo desde el final. ¿Cómo llegó el lienzo a nuestras manos? Porque alguien lo puso dentro del libro. ¿Quién pudo ponerlo en ese sitio, avisando desde el *ex libris* que un valioso fruto se encontraba entre sus páginas? No hace falta otra cosa que leer el nombre del propietario: Martín de Ircio. ¿Cómo obtuvo don Martín aquel pedazo de lienzo? Resulta claro que le vino de otras manos, puesto que él, a diferencia tuya, no se distinguió nunca por su afición al dibujo, sino por la rapidez con que podía sacar la plata de las piedras. El que sí se distinguió entre los conquistadores por practicar dichas artes se llamó Francisco Dazco. ¿No dijo Rodrigo Segura que le apodaban *El Dibujante*? ¿No lo procesó fray Domingo por haber pintado en una tabla una imagen obscena de Santa Ana? Piénsalo bien: ¿qué posibilidades hay de que él haya sido el autor del lienzo?

Doña Beatriz había visto la chispa que comenzaba a temblar en mis ojos. Sonrió débilmente. Aquella sonrisa admitía una pizca de malicia, un suave dejo de orgullo.

—Lo diré de otro modo —continuó—: ¿la imagen de Alderete no es acaso una copia exacta de la figura central de *El Tormento*? ¿Y no hay una letra "D" estampada por toda firma en uno de los extremos de ese cuadro? Yo podría jurar que Dazco fue el artista que lo pintó. Y podría jurar también que el propio Dazco hizo una copia de la figura de Alderete, colocando a sus pies una clave misteriosa que señalaba el secreto que *Tras-de-la-puerta* había escuchado.

Quise imaginar aquellos días terribles de hacía casi ochenta años. Lo hice bajo uno de los preceptos del *ratio*: la verdad sólo se encuentra cuando el camino de lo posible se abre paso entre lo imposible.

Sí. Había posibilidades de que Dazco hubiera dejado en alguna parte un rastro del secreto que compartió con sus amigos: una pista que ni la Inquisición, ni sus verdugos, habrían logrado arrancarles. Lo había dicho Arias de Villalobos: algo mantuvo unidos a aquellos hombres más allá de la tortura, de la hoguera y de la muerte.

Era posible, también, que mi abuelo hubiera encontrado ese rastro. Había tenido contacto con los sentenciados, sus viejos compañeros de armas. Pudo recibir sus encargos, sus mensajes. Pudo haber escuchado sus palabras finales. O tal vez la historia se despeñaba por otro afluente y había hallado el lienzo de manera ocasional entre las pertenencias de Dazco: como alcalde de la ciudad, debió encargarse de ejecutar la ley: confiscar e inventariar los bienes de los condenados.

Lo imaginé en aquella ciudad fantasmal de altas casas como fortalezas, aquella ciudad oscura, a medio hacer, cruzada por ruinas, páramos, escombros y amontonaderos de tezontle. Lo vi con aquel extraño lienzo en las manos y la misma sensación de extrañeza que nos envolvió a nosotros en los días cruciales de la inundación: si había participado en la expedición a las Hibueras, con seguridad estaba al tanto de lo que decían las tropas: que *Tras-de-la-puerta* había escuchado unas palabras que luego le costaron la vida. Debió temblar al encontrar la imagen del hombre que más se empeñó en la búsqueda del oro perdido, el responsable de los primeros suplicios, el causante implacable de las primeras muertes.

Tal vez sospechó lo que escondía aquel lienzo que no podía entender y amenazaba con abrasarle las manos. Debió creer que tras aquella frase incomprensible se encontraba el secreto que *Tras-de-la-puerta* se había llevado a la tumba. Lo imaginé buscando dónde enterrar aquella imagen; guardándola en silencio, con celo; temiendo a cada portazo la llegada de la muerte. Lo vi —tenía que ser después de 1554, el año de la aparición de los diálogos latinos— sellar por fin aquel secreto, que tal vez nunca logró comprender, entre las tapas de un libro dedicado a describir las grandezas de México. Un libro en el que tres caminantes recorren la ciudad y sus alrededores, alabando la belleza de las construcciones, la rectitud de las calles, la diáfana luz de los paisajes. Un libro en cuya página 289 puede encontrarse el siguiente diálogo:

Zamora
Tiende ahora la vista, y abarcarás por entero a la ciudad de México.

Alfaro
¡Dios mío! Qué espectáculo descubro desde aquí. Desde estas lomas la ciudad de México

refulge como una joya. He oído que entre sus cimientos se esconde el oro perdido en la Noche Triste, pero mirándola brillar tan hermosamente bajo los rayos del sol, puede decirse que el tesoro está a la vista y finalmente ha sido desenterrado. No se explican de otro modo los suntuosos destellos, los profusos resplandores que ilustran esta fábrica...

Zuazo

Cuídate, Alfaro, de pronunciar tales palabras. No le gusta hablar al Nuevo Mundo de cosas que se oculten por ningún lado. Mejor contempla los campos de regadío, bañados por las aguas de las acequias. Mira los soberbios y elevados edificios, que ocupan una parte del terreno, y se ennoblecen con altísimas torres...

La voz de doña Beatriz me trajo de vuelta a aquella desolada tarde de 1601:

—O ustedes me han trastornado, llenando mi cabeza de palabrería, o todo lo que ocurre en Nueva España gira alrededor del lienzo.

Sus últimas palabras cimbraron mis oídos con la fuerza de un tiro de arcabuz:

—Si por el secreto guardado en el lienzo perdieron la vida *Tras-de-la-puerta* y sus amigos, si por ese mismo secreto fueron asesinados sus descendientes, los caballeros criollos, entonces no hay otra explicación posible: alguien cree que el secreto sigue guardado en alguna parte, alguien sabe que se localiza en el lienzo pintado por Francisco Dazco, y ha logrado averiguar que éste llegó alguna vez a manos de don Martín de Ircio. Tal cosa significa que la siguiente estocada se alojará en tu cuello, o en el de tu padre.

Salí del convento al caer la noche. Ignoraba que el carruaje de la vida continuaría su marcha y por las ventanillas seguirían pasando rostros que iban a quedarse para siempre atrás. Había dicho doña Beatriz:

—La única salida sería poner el lienzo en manos del virrey y platicarle luego toda la historia. Pero la gente nos decepciona siempre por lo que el oro suele hacer con sus personas. No hay manera de confiar en nadie. Quiero que jures sobre la tumba del ciego, y más aún, sobre la memoria de tu madre, que esta misma noche le prenderás fuego al lienzo y lo verás arder hasta que del rostro de Alderete sólo quede un puño de ceniza. No cesará la carnicería mientras exista la sospecha de que esa imagen maldita está escondida en alguna parte.

Había tal ansiedad acongojándole el alma, descomponiéndole el rostro, que lo juré.

Doña Beatriz se despidió. Iba a su celda a escribir a mi padre para prevenirle que se abstuviera de viajar a México. Me pidió que me encerrara a piedra y lodo en el taller y no hablara una palabra con nadie hasta que Diego Mejía cruzara con sus hombres las puertas de la ciudad.

—No hay en Nueva España otra persona en quién confiar —dijo.

Repliqué que se olvidaba del poeta. Que Arias de Villalobos estaba con nosotros.

—Él debiera también atrancarse bajo cuatro llaves. Su vida puede hallarse en grave riesgo. Que no salga de su casa hasta que don Diego aparezca con las tropas.

La tomé de las manos. Se le habían puesto frías.

—Un día nos reuniremos en Santa Cruz para mirar *El Tormento* y reírnos juntos de todo esto —dijo.

Quise decirle algo. Algo sobre el lienzo de Alderete. No me pareció buen momento. Salí a la calle. En la puerta del cementerio leí una inscripción: "Vigila, porque no sabes el día ni la hora".

En Dios y en mi alma juro que aún no logro entender la forma en que la trama oculta nos envolvió.

Corrí por la ciudad entre el ladrido de los perros y el resplandor lejano del farolillo de la ronda. La queja de las campanas anunciaba la plegaria de las Ánimas. Los vecinos se hallaban en sus piezas, recogidos en sus lechos. Las moles de las iglesias proyectaban gigantescas sombras en las calles y en las plazas. En el silencio circundante se podía palpar la desazón que los crímenes de la Celada habían provocado. Un galope de tropas poblaba de vez en cuando la oscuridad, llenándola de ecos urgentes y siniestros. El antiguo puñal de misericordia del ciego Dueñas me habría hecho sentir más seguro, menos solo. Pero estaba nuevamente abandonado a mitad de un mundo sombrío.

Fue ahí cuando la Nueva España vino a lamernos la sangre. Cuando la maldición que caía sobre la gente de esta tierra terminó de envolvernos con su manto execrable.

Cobijado en una gruesa capa oscura, Arias de Villalobos aguardaba impaciente a las puertas del taller. En cuanto doblé la calle, pareció saltar de gusto:

—Todo ha terminado —dijo—. Los comisarios prendieron al fin al asesino de los criollos. Es el mismo que anoche forzó el portón de tu casa. Acaban de llevarlo cargado de grillos hasta una bartolina de la Real Cárcel de Corte.

Un vecino había visto a Saldívar con la cinta de atarse el cabello manchada de sangre fresca. Voló tras los comisarios y no tardó en conducirlos a la calle de las Arrepentidas. Saldívar fue sorprendido a las puertas de su vivienda, mientras preparaba los arreos de una montura. Dijo llamarse Pedro Núñez. Arguyó que se había salpicado la cinta en una pelea de gallos a la que había asistido la noche anterior. Cuando los alguaciles dieron trazas de entrar a reconocer su habitación, se sintió perdido. Entonces cometió el error que terminó para siempre con los días de su fortuna: en un solo lance desenvainó la espada y le atravesó la nuez a un alabardero. Fue una estocada limpia, que pareció partir en dos el cuello de aquel hombre.

Intentó abrirse paso hacia la montura, mas no lo consiguió. La guardia le cayó encima, tomándole la espada.

Dentro de la vivienda los comisarios encontraron a dos españoles que se fingieron dormidos. Uno de ellos tenía en la vuelta de la capa una mancha de sangre del tamaño de un peso. Bajo una viga del piso aparecieron las talegas de plata, los sacos donde se hallaba el botín arrebatado la noche anterior. Aparecieron también unas charreteras con letras bordadas en oro. Decían "JFM". A los comisarios les tomó poco tiempo empatarlas con el nombre de un criollo que el año anterior había sido asesinado en el calle de la Joya. Un criollo muerto por una herida en la garganta, y que había respondido al nombre de Juan Fernández de Maldonado.

Había tantas cosas flotando en el aire que el virrey mandó que la justicia le hincara las espuelas a la causa. Las averiguaciones comenzaron esa misma noche y se llevaron a cabo con tal celeridad que el auto fue proveído dos días más tarde. Entre una marabunta que cubría las escalinatas y el corredor abierto del Cabildo, los reos fueron presentados ante la Sala del Crimen. Los cómplices de Saldívar aparecieron temblando entre el piquete de guardias que los conducía. Nuño avanzaba en cambio con la vista alta y una expresión que obligó a bajar los ojos a varios de los presentes. Me pareció que caminaba como si fuera a recibir un gran honor, en vez de una amarga pena.

Cuando lo vi acercarse por la escalinata mirando con ferocidad a los curiosos, me estremecí. Tuve un sacudimiento de odio, de asco, de repulsión. Le habría escupido en la cara de no ser porque sentí que iba a ensuciarme la saliva.

Grité:

—¡Te ha llegado la hora, Nuño Saldívar!

Se volvió a mirarme con un gesto irrepetible de desconcierto. Un gesto que duró sólo un segundo, porque los ojos de inmediato se le hicieron hielo. Me miró con desprecio, y esbozó una sonrisa horrenda, la mueca de una hiena acorralada que dejara ver sus fauces —pobladas de dientes rotos.

Estaba escrito que aquel día iba a aparecer la verdad. Recuerdo aquella jornada como si no hubiera durado más que un instante, como si las imágenes que la formaron se hubieran compactado en una sola escena, sin respiro, ni momentos vacíos, ni minutos muertos. No fue así. Las campanas de los templos tañeron, el sol voló de la Candelaria a San Cosme, cuando todo había acabado la plaza estaba quieta y sosegada, y las putas se arrimaban a los puestos de las atoleras en busca de trasnochadores, de ebrios, de soldados.

Regresé al taller con la vista baja, y un agujero oscuro que se me abría por dentro. He pensado mucho en aquella tarde. Aunque el auto se celebró a puerta cerrada, Arias de Villalobos había logrado extraer del salón de la virreina la licencia que —al no estar presente mi padre— me autorizaba a presenciar el auto en caso de que mi testimonio, como víctima del robo de la Celada, fuera requerido: no debía quedar duda alguna del modo de hacer justicia del virrey. Cuando el poeta puso el documento en mis manos, reprimí las ganas de reír porque, después de todo, el robo era lo último que me importaba. No hubo, sin embargo, necesidad de hacerme comparecer. Permanecí en un rincón de la sala, junto a la puerta, sentado al lado de Arias de Villalobos, recibiendo frecuentes miradas de Su Excelencia el juez, que no quería dejar dudas de su diligencia, por si luego a la virreina se le ocurriera mandarnos preguntar. Las cosas fueron de este modo:

El juez llamó a los reos por separado. Declararon primero los cómplices de Saldívar. Las pruebas que les ministraron fueron en tal modo apabullantes, que no intentaron siquiera rebatirlas: el supuesto Pedro Núñez los había contratado en la taberna de Jerónimo López para llevar a cabo el asalto. Habían penetrado en la casa a medianoche; mientras uno guardaba el portón, Núñez y el otro recorrían los cuartos, perpetrando los desastres que siguieron. Ambos habían accedido a realizar el crimen por hallarse sin ocupación y encontrarse "frágiles" y "necesitados". Pedro Núñez les había prometido que, arreglado el robo, "todos quedaríamos remediados". Una vez que los habitantes de la casa fueron masacrados, Núñez les ordenó adelantarse con el botín. Solo, en la oscuridad, se quedó a revolver las piezas "por si aparecía alguna otra cosa que andaba buscando".

Cuando llegó su turno, Saldívar avanzó por la sala, moviéndose con trabajo a causa de los grillos y exhibiendo por segunda vez una mueca descarada en la que se leían la furia y el desdén. Era un perro viejo, pero seguía siendo duro. Oyó la acumulación de cargos sin pestañear. El primero: haber asaltado la casa de la Celada y aniquilado con saña a la servidumbre. Ahí estaba la cinta manchada de sangre. Ahí estaban las talegas de plata que los alguaciles habían sacado de su habitación.

—Nada tengo que responder a estos cargos —dijo—. La cinta me la manché el martes en una pelea de gallos. Desconozco de dónde sacaron la plata esos dos españoles perdidos, y por qué osaron meterla en mi habitación. Esa misma noche habían acudido a pedirme alojamiento, y yo, que ignoraba el asunto en que andaban porfiando, tuve el mal tino de concedérselos.

El juez de Sala abrió un grueso legajo que descansaba en su escritorio e hizo llamar al capitán de la guardia que había llevado a cabo la aprehensión. Le pidió que refiriera el modo en que el confesante había sido prendido. El capitán, que no bajó la vista ante Saldívar, e incluso lo retó abiertamente con la mirada —supuse que a cuenta del alabardero caído—, relató la forma en que, guiados por el vecino, sus hombres habían llegado a la calle de las Arrepentidas, narró cómo la guardia se había acercado al supuesto Pedro Núñez, y cómo éste desenvainó el acero, asestando un golpe que nadie vio salir. Una punta que en cosa de un instante había partido en dos el cuello del alabardero.

Se hizo llamar entonces al Práctico de la sala para que describiera la naturaleza de esa herida. El Práctico la definió como una herida profunda que sólo podía venir de la conjunción de una mano fuerte y rápida, y de una espada amolada.

—Sin esa mano y esa espada la hoja habría desviado su curso al encontrar la *prominentia laryngea*, es decir, al tropezar con la manzana de Adán. Pero no lo hizo: rebanó el cartílago fácilmente, y venció incluso la resistencia que había podido ofrecerle la tercera vértebra cervical.

El juez consultó el legajo. Como rocas lanzadas desde lo alto dejó caer los nombres de Juan Fernández de Maldonado, Gonzalo Guzmán, Juan Solís, Juanes de Fuenterrabia, Francisco Dazco y el ciego Dueñas. Luego, preguntó al Práctico si las heridas que habían causado la muerte de esos hombres eran semejantes a la que presentaba el cuerpo del alabardero. Advertí que Nuño Saldívar comenzaba a flaquear. Sus pupilas se movieron con rapidez de un lado a otro de la sala.

—Señor —respondió el Práctico—, todas esas heridas entraron y salieron por el mismo sitio, todas ellas tocaron la *prominentia laryngea* y todas ellas hallaron camino de salida a través de la tercera vértebra cervical. Debieron ser causadas por una mano rápida, puesto que las víctimas, puedo asegurarlo, no vieron siquiera venir la espada. Si alguna de ellas hubiera tenido tiempo de tragar saliva, lo que hacemos todos en instantes de peligro, la manzana de Adán se habría movido y la hoja la habría tocado sólo de manera parcial. En los seis casos, sin embargo, la *prominentia* estaba totalmente destrozada.

El juez le extendió la espada que la guardia había tomado a Saldívar.

—¿Diría usted que esas heridas pudieron ser causadas por esta arma?

El Práctico sopesó el estoque, recorrió la punta con el pulgar, y lo retiró llevando en éste una pequeñísima gota de sangre.

—Se trata de una espada finamente amolada —dijo—. Yo diría que una espada así fue la que causó la muerte de los caballeros que Su Excelencia acaba de mencionar.

Cuando el escribano hubo anotado la declaración del Práctico, el juez tomó la charretera bordada en oro con las iniciales "JFM", e hizo llamar a un viejo con librea de sirviente. Al dar sus generales, el viejo señaló que durante doce o quince años había estado al servicio de Juan Fernández de Maldonado. Ante una nueva pregunta del juez, admitió que la charretera había pertenecido al traje que su patrón portaba la noche misma de su muerte.

Nuño Saldívar soltó una carcajada, una risa enloquecida que sonó como un ladrido. Mientras el juez lo miraba desconcertado, recobró el gesto que por un instante se le había esfumado. Con ese mismo gesto, escupió:

—Puesto que veo la muerte cerca, no tiene remedio. Que me alivien las prisiones. Ha llegado la hora de decir verdades. Ha llegado la hora de pagar.

Nadie lo sabía entonces. Pero lo que voy a contar comenzó en junio de 1518, la tarde en que Juan de Grijalva fue visto por primera vez en costas de la Veracruz a bordo de una "casa flotante". Dos indios del puerto llevaron ante el rey Moctezuma unos trozos de bizcocho que Grijalva les había obsequiado. Tenían buen sabor, pero estaban duros. Moctezuma los consideró alimento divino. Luego, se estremeció.

Hizo llevar aquel pan en una jícara azul a la antigua Tula, una ciudad abandonada en la que, según contaba el padre Diego Durán, los indios creían que alguna vez había vivido el más importante de sus dioses.

Existía entonces una profecía entre los naturales. Los viejos dioses iban a volver para destronarlos. Moctezuma tembló, y quiso conocer el rostro de Juan de Grijalva, el hombre sobrenatural que había llegado atravesando el mar. Mandó al mejor de sus pintores a retratar aquella casa flotante, así como los rostros blancos de quienes la ocupaban. Cuando el rey azteca contempló la pintura, el alma, dice Durán, se le escapó hasta el cielo. Así que aquellos eran los dioses que finalmente regresaban.

"Angustiado lo más del mundo", comparó la imagen que le había presentado el pintor con una muy antigua que se hallaba en poder de un viejo sacerdote de Xochimilco. Advirtió que ambas eran semejantes y se echó a llorar porque supo que su tiempo había terminado: del vasto imperio que gobernaba no iba a quedar "cosa con cosa". Decidió que carecía de fuerzas para presenciar la muerte de su pueblo. Se sintió débil, viejo, arruinado. Tomó la decisión de correr a esconderse al inframundo. Tomó la decisión de suicidarse. De acuerdo con el padre Durán, dijo a sus sacerdotes:

—Al hacerlo estaremos en compañía del que andaba hace muchos años en Tula, el que nos trajo aquí... Jamás moriremos, sino viviremos por siempre.

En 1566, Nuño Saldívar regresaba de servir en las guerras chichimecas. Se había labrado fama de arrojado al salvar la vida de su capitán, Joaquín Clairmont, cuando éste, en un enfrentamiento con los caxcanes, la daba ya por perdida. Clairmont lo recompensó con un secreto traído de la campaña de Flandes, que incluso en la Península pocos hombres conocían. Ese mismo año llegó a la Nueva España el hijo de Hernán Cortés. Venía a tomar posesión del marquesado de su padre.

La profecía de los indios hacía mucho que se había cumplido. No quedaba de México-Tenochtitlan piedra sobre piedra. El virreinato era gobernado por Luis de Velasco.

El día de la llegada de Martín Cortés fue recordado durante años. Más de trescientos caballeros, hijos de conquistadores, salieron a recibirlo a los linderos de Coyoacán. Todos vestidos con capas negras. Todos montados en corceles briosos. "Había sido cosa muy de ver", aseguraban los viejos. Don Martín fue recibido como la misma persona real. En la plaza se encendieron luminarias y se organizaron torneos. El hijo de Cortés, con la amplia frente oculta en un chambergo adornado con una pluma blanca, entró cabalgando en la ciudad. Lo primero que los vecinos notaron fue que cortejó a las damas que habían salido a mirarlo desde las ventanas. No les llevó mucho descubrir que, además de un carácter sumamente irritable, había heredado de su padre la pasión por el juego y la afición a las faldas. En poco tiempo demostró que él mismo había aportado a aquellos rasgos ancestrales un gusto exacerbado por los vinos de Castilla. Apenas se instaló en la vieja casa de don Hernando, comenzó a descorchar botellas que corrían sin cuento y que al día siguiente eran recogidas vacías por el carromato de los desperdicios. Tenía, por lo demás, más dinero y vasallos que el mismo virrey: una renta de ciento cincuenta mil ducados que le hacía mirar con desprecio a los hombres más nobles y prósperos del virreinato. Todo estuvo mal desde el principio: don Martín recibía a los caballeros sin ofrecerles asiento, los obligaba a descubrirse ante su presencia, y se encolerizaba cuando los vecinos de la ciudad no caían de rodillas al verlo pasar.

Desde la primera noche, se hizo rodear por los hijos de los capitanes que mejor habían servido a su padre. Bebían, jugaban y cenaban en su casa, y luego salían cabalgando a escandalizar. El desventurado Cortés, sin embargo, no sólo había dejado en Nueva España a sus adictos. También estaban los hijos de quienes habían declarado en su contra en el juicio de residencia que Carlos V ordenó en 1526, a consecuencia de sus excesos. Los hijos de aquellos que habían contestado a las preguntas del "capítulo secreto", declarando, como Bernardino Vázquez de Tapia, que Cortés se había robado el tesoro perdido en la Noche Triste; o como Gonzalo Mejía, que Cortés no podía tener tanto oro fundido como el que le habían visto gastar; o como Cristóbal de Ojeda, a quien le extrañó que el capitán hubiera tenido mucha diligencia por saber el paradero del oro extraviado y luego, súbitamente, lo dejó de buscar; o como Juan de Burgos, quien afirmó que aquella riqueza había ido a parar a casa de don Hernando, quien "la marcó y fundió escondidamente".

Esos mismos criollos, con otros que mantenían el corazón dañado por las injusticias que don Hernando había infligido a sus padres, decían que don Martín había vuelto al virreinato para desenterrar el tesoro de Moctezuma que Cortés había escondido tras la caída de Tenochtitlan, y nunca había tenido tiempo de recobrar —pues luego de la expedición a las Hibueras fue desterrado de la ciudad y acabó viajando a España como único medio de contrarrestar una situación política que se le había vuelto adversa.

Durante las cenas generales que los nobles dedicaban al hijo del conquistador, los malquerientes no hacían sino preguntarse en qué punto de la Nueva España podría hallarse oculto el tesoro perdido. No apartaban la vista de don Martín, por si acaso lograban sorprenderlo en un movimiento extraño. Martín Cortés, sin embargo, se mantenía ajeno a las tempestades que la murmuración iba levantando. No parecía interesado en otra cosa que en sus rentas, sus haciendas, sus mujeres, sus vasallos.

Un día los cajones de cartas trajeron la cédula real que suspendía las encomiendas de indios y las mercedes reales en tercera vida. Felipe II intentaba minar el poder de los criollos, que se habían transformado en grandes señores y se resistían a admitir otra autoridad que la probanza de su propia sangre. Martín Cortés fue visto en el balcón de su casa, hablando quedamente con Alonso de Ávila, Gil González y los dos hermanos Quesada. Fue visto en juntas y concilios en los que no se trataba sino del "grandísimo agravio" que Su Majestad hacía a sus personas. Fue visto en cenas en la que alguien declaró: "Puesto que el rey nos quiere quitar el comer y las haciendas, quitémosle el reino". Se le vio en partidas de naipes en las que Alonso de Ávila dijo: "Alcémonos con la tierra, y démosle ésta al marqués, pues es suya por derecho propio desde el día de agosto que la conquistó su padre". Borracheras en las que los criollos lo llamaban "rey" y se repartían títulos de duques y de condes.

Aquella tarde, en la Sala del Crimen, una vez que la guardia le alivió los grilletes, Nuño Saldívar declaró que había conocido a Martín Cortés durante un torneo celebrado en la plaza. A don Martín le gustó aquel jinete arriesgado que manejaba las armas como un rayo. Le gustó descubrir que se trataba de un bebedor resistente y un jugador empedernido: Nuño resultaba invencible a la hora de jugar La primera. No sacaba menos de flux, y en sus malas rachas conseguía quinola. Desplumaba a los otros con arriesgados envites, y se alzaba de la mesa con quinientos o seiscientos pesos tintineando en su faltriquera.

Aunque era un criollo sin fortuna —su padre fue un soldado que había hecho la conquista sin cosa qué recordar—, el arrogante don Martín lo admitió en su mesa, en partidas que congregaban a los Ávila, los González y los Quesada. Nuño juró ante Dios y ante los santos que nunca escuchó palabra relacionada con la conspiración, un asunto que sólo se trataba entre los criollos ricos. Recordó, sin embargo, que una noche, cuando los amigos del marqués se habían retirado, él y el capitán Clairmont se quedaron bebiendo al lado del marqués en el salón principal. Clairmont trajo a colación las habladurías que andaban rondando en la ciudad: que don Martín había vuelto a buscar el tesoro de Moctezuma.

Un poco ebrio, el hijo de Cortés pronunció las palabras que llevaron a Clairmont a la muerte (y años más tarde hicieron que la sangre fuera derramada en toda la ciudad):

—El tesoro, en efecto, está escondido. Pero los únicos que conocieron su ubicación fueron los amigos de un mentado Juan Solís, quien tenía por seña andar oyendo tras de las puertas. Mi padre alcanzó a saber que la Inquisición fue a requerirlos sobre ese asunto, y que ellos prefirieron morir antes que abrir la boca. Esos amigos hicieron un plano que dejaron oculto en alguna parte. El que quiera encontrarlo que vaya y pregunte entre sus descendientes.

Creí que podría abandonar la Sala del Crimen en ese punto, y caminar por el corredor abierto con la sensación de que no importaba lo que Nuño Saldívar pudiera decir desde allí hasta el final. Sentí que estaba en posesión de la historia mucho antes de que el escribano comenzara a apuntarla en su legajo. Todo caía por su propia fuerza. Se aclaraba para amoldarse entre las líneas de una escena general. Nuño había suprimido a Clairmont, testigo de aquella conversación sostenida en la Plazuela del Marqués, añadiendo el delicado toque artístico de sacarlo del mundo con la misma estocada que, un día, el propio capitán le había enseñado. Luego, había comenzado a rascar viejas historias entre los ancianos de la Nueva España. Tuvo en la mira a los hijos de *Tras-de-la-puerta*, de Dazco, de Guzmán, de Fuenterrabia… pero no pudo terminar el trabajo porque Baltasar de Aguilar tuvo miedo y delató la conspiración y comenzaron los interrogatorios, las torturas, las ejecuciones. Aquel criollo que tantas veces había departido en la mesa de juego de Martín Cortés, fue de inmediato prendido. El visitador le metió entre los dientes un embudo y le aplicó los quince jarros de agua que bastan para reventar a un hombre. Lo sacaron de la cámara de tortura convertido en guiñapo, para conducirlo esposado a la Veracruz y meterlo en un buque infestado de ratas: destierro perpetuo de la Nueva España.

Habría apostado la vida a que sabía lo que iba a escuchar: que Nuño Saldívar sobrevivió al naufragio del barco en que viajaba, y llevó una vida miserable en algún sitio de las Antillas, donde aguardó la hora de regresar a completar la búsqueda interrumpida. Sabía que el tesoro no había aparecido (una noticia así debía llegar incluso al Estrecho de Magallanes, es decir, al fin del mundo), pero ignoraba que a los hijos de *Tras-de-la-puerta*, de Dazco, de Guzmán, de Fuenterrabia, de Solís se les había cruzado Martín de Ircio.

Y sin embargo, preguntando, calculando, recordando, no era tan difícil saberlo. En la Nueva España todos están al tanto de la hora en que los otros visitan la letrina. La Inquisición existe porque en el Nuevo Mundo no hay refugio. No es posible cometer un acto que logre mantenerse oculto.

Aquella tarde, yo habría perdido la apuesta. La declaración de Nuño se desvió ligeramente, sólo ligeramente, del relato que flotaba en mi cabeza.

—No he de caminar solo a la horca —anunció ante el juez.

Soltó una historia que nadie en Nueva España habría imaginado: no había pasado aquellos treinta y tantos años en un rincón anónimo de las Antillas; fue hecho prisionero por los piratas y mantenido durante un lustro en los alrededores de La Tortuga. Nunca se pagó rescate por su persona: la Corona no desembolsaría un real para salvar la vida de un conspirador.

Hay una galería de rehenes olvidados que terminan militando del lado contrario. Saldívar no fue la excepción. Recorrió el Mar Océano bajo la calavera negra de los piratas y sirvió a distintos jefes hasta que en 1595, dijo, pasó a formar parte de la escuadra de William Park.

Algo, el ala de un ave negra, comenzó a agitarse en algún lugar de la sala. Aunque lo hizo de modo imperceptible, apreté los puños. Contuve la respiración como si mirara la carrera de un carruaje que fuera directo a chocar.

Chocó.

A las órdenes de Park, Saldívar tomó parte en el saqueo de Campeche. Estuvo entre los cien piratas que luego de la cruenta batalla logró prender Diego Mejía.

Arias de Villalobos adivinó también la peligrosa trayectoria que tomaba aquel carruaje. Se lo vi en la forma de apretar los labios, de entrecerrar los ojos. En ese gesto que lo visitaba siempre en las horas de concentración, de urgencia.

Llegó el golpe final, que definitivamente me habría hecho perder la apuesta:

—Sabía que William Park tampoco iba a pagar rescate por mí. Decidí pagárselo yo mismo al capitán Mejía. A cambio de mi libertad, me ofrecí a entregarle el plano. El oro perdido de Moctezuma.

Nunca le dije a Arias de Villalobos que el trozo de tela que tantas muertes había provocado se hallaba guardado en un baúl pequeño, colocado al fondo de mi habitación. Nunca le dije que la respuesta que tantos hombres andaban buscando había estado a la vista de todos, pendiendo en un muro de Santa Cruz de Tlatelolco. No se lo dije.

Aquella noche, al salir del juicio, cumplí la promesa que había hecho a doña Beatriz: arrojé el viejo lienzo a las brasas donde ardía el lapislázuli que Marco Polo había llevado siglos antes a la Corte de Venecia.

Diego Mejía fue traído a la ciudad bajo la más completa deshonra. Atravesó la plaza con las manos y los pies atados. Lo arrojaron en una bartolina de la Sala del Crimen a la que una tarde fue a abofetearlo el virrey. Cuando le leyeron la sentencia de muerte, quiso aparentar serenidad, pero no pudo. Se tapó la cara con las manos, gritando y sollozando. Dicen que esa noche fue presa de la fiebre y el delirio. Nuño Saldívar, en cambio, oyó la lectura con la más completa indiferencia.

La noche en que fueron puestos en capilla, mi padre, recién llegado a la ciudad, visitó la bartolina y maldijo a Mejía porque había condenado a doña Beatriz a la vergüenza por el resto de sus días. El capitán no hacía más que temblar, llorar y gemir. Seguía haciéndolo cuando una cofradía lo condujo, al lado de Nuño y de los dos españoles, hasta el lugar del suplicio. Era miércoles de Tinieblas: un piquete de infantería abría la marcha, lo seguían los miembros de la cofradía, con los pechos repletos de escapularios, y luego cuatro sacerdotes con un crucifijo en las manos. Al subir a la horca, Saldívar rechazó los sacramentos. Antes de que lo colgaran hizo un gesto de resignación: la conformidad del ahorcado.

Durante el tiempo que duró todo aquello, doña Beatriz se negó a recibir a nadie. Permaneció encerrada en su celda, dudando sobre su destino. Lo resolvió la tarde en que fueron a avisarnos que acababan de encontrarla colgada de uno de los árboles de la huerta.

No quise llorar. Me negué a entregar a Nueva España una sola lágrima. Sólo pensé en Rodrigo Segura y en la historia que había relatado en el locutorio del convento, el ejemplo que resumía el destino de los hombres que llegaron con Cortés y perdieron el alma en la búsqueda de imperios y de gloria, la historia de la hija de

Gil González, que según Segura se había replicado en su generación entera. No lloré.

Salí del taller, caminé por la calle y escupí. Lo hice dos veces. Una por doña Beatriz, que se balanceaba en la huerta del convento, y otra por mí, el último de los Ircio.

Suelo pensar que el periodo que abrieron los sucesos de la inundación terminaron en marzo de 1601, durante el auto de fe que condujo a la beata a la hoguera —y en el que reconciliaron a veintidós herejes prendidos por la Inquisición bajo el cargo de judaizantes—. Supe que los balcones y las puertas se llenaron de curiosos desde muy temprano, y que el Quemadero estaba tan a reventar que fue necesario que la tropa despejase el camino. No quise ir. Algo me dijo que no podría resistirlo: el pendón de la cofradía del Santo Oficio abriendo el paso, la beata caminando delante de una Cruz Verde, los reconciliados con sus insignias de penitentes, las cabezas descubiertas, una vela entre las manos y una soga en la garganta... Preferí fingirme enfermo y encerrarme en el taller. Vigilar el cocimiento de las colas. Machacar los colores con aceite hirviendo. Cambiar el agua al yeso que los oficiales purgaban en los morteros. Distribuir en las moletas de pórfiro los pigmentos que utilizaba el maestro. Quedaban enfrente doce años de esclavitud.

Era hora de adelantar el camino.

Hay una zona de la noche en la que todos callan y en la que todo duerme. Los poetas la han llamado conticinio. Explican que el silencio que lo habita está cargado de cosas que el sonido y las palabras no pueden nunca explicar. Atravesé ese instante la noche en que conocí a Bernardo de Balbuena y escuché su extraña disertación sobre los anteojos. La noche en que Arias de Villalobos me reveló el nombre escondido en un soneto, y me dijo que existen formas muy inteligentes de guardar mensajes en la música, la pintura y la poesía.

Estaba insomne en la oscuridad, sintiendo que deambulaba entre las sombras de otros, las voces de otros. El silencio trajo de pronto una visión envuelta en llamas. *El Tormento.* Aunque llevaba meses estudiando aquel cuadro, no había advertido hasta entonces su rasgo más distintivo. Todos los personajes pintados por Dazco estaban haciendo señas. Alderete señalaba a Cortés con un dedo, disponiendo la aplicación del tormento. Cortés miraba a Alderete, y apuntaba hacia Cuauhtémoc con los dedos índice y medio. Cuauhtémoc resistía el castigo, mientras señalaba con tres de sus dedos hacia el horizonte.

Saqué de mi baúl el retrato encontrado en los diálogos de Francisco Cervantes y miré aquel conjunto de letras que, en palabras de doña Beatriz, daban la impresión de haber sido mezcladas dentro de un sombrero. Fue como si una puerta herrumbada se abriera ante mis ojos de golpe.

Alderete señalaba a Cortés con un dedo.

Cortés apuntaba al soberano azteca con dos.

Cuauhtémoc apuntaba al horizonte con tres.

Un cuarto de siglo más tarde, el año de la llegada a Nueva España de un ejemplar de la *Cryptographia* de Selenus, comprobé que la clave estaba escondida bajo uno de los sistemas de escritura oculta más simples y rudimentarios. ¿Qué otra cosa podría esperarse de un soldado? Volví a leer la frase pintada en la parte inferior del lienzo:

CGIRANCIACSAMRLJAMCEOS

La transcribí en una hoja de papel. No puedo decir que haya sido cosa de un parpadeo, pero aquella noche, casi un año después de la inundación, a muchos meses de que el retrato empezara a retorcerme el seso, logré meter la llave, abrir la puerta.

Después de la primera letra de la inscripción, era preciso omitir una letra. Después de la siguiente era necesario suprimir dos. Luego había que suprimir tres. Y luego volver a empezar. El ejercicio arrojó una palabra: CINCALCO.

Me llevé la hoja de papel a la boca y apreté con mucha fuerza los dientes. Mastiqué aquella palabra varias veces. Mis labios no volvieron a abrirse hasta que estuve seguro de haberla tragado.

La última vez que vi a Arias de Villalobos fue el día en que fray Pedro de Córdova hizo una misa en Catedral por el alma de doña Beatriz. Caminamos por la plaza silenciosos, cabizbajos. De pronto le pregunté por qué rumbo quedaba Cincalco. Nada era capaz de alzarle el ánimo en esos días. Sin embargo, se dibujó en sus labios algo parecido a una sonrisa.

—Lo tienes ahí, justo enfrente —dijo señalando hacia el poniente. Miré, en la lejanía, el cerro verde de Chapultepec.

Arias de Villalobos frunció el ceño, volvió a entristecerse.

—No escuchaba esa palabra desde hace trece años, concretamente desde que unos frailes cargaron en Santo Domingo el ataúd en que iba mi maestro, fray Diego Durán.

El poeta anticipó mi siguiente pregunta:

—Durán escribió una completísima historia sobre las Indias; como decía él, una crónica de las idolatrías con que el demonio era servido antes de que llegase a estas partes la predicación del Evangelio.

Arias se sentó en la pila de plaza y, envuelto en su capa, me hizo un último regalo. Desde aquella vez no ha vuelto a tocarme el viento del pasado, ese crepitar del tiempo que el ciego Dueñas me había enseñado a escuchar.

Dijo Moctezuma a sus sacerdotes:

—Ya sé a dónde habemos de ir: a Cincalco. Si entramos en Cincalco jamás moriremos.

Cincalco era la puerta de entrada al inframundo azteca, la salida que el emperador quería darle a una vida cargada de augurios, que no era ya capaz de tolerar.

En esos días había en Texcoco un rey, Nezahualpilli, que conocía las seiscientas artes de la nigromancia. Gracias a sus pactos con los dioses conocía los acontecimientos futuros. Él también le dijo a Moctezuma:

—De aquí a pocos años nuestras ciudades serán destruidas, nosotros y nuestros hijos muertos, y nuestros vasallos apocados y destruidos.

Moctezuma volvió a temblar.

—¿Y yo? ¿Dónde me esconderé?

Le pidió a sus nigromantes que dialogaran con Huémac, el dios subterráneo que vivía en Cincalco, debajo del cerro de Chapultepec. Entre esos nigromantes había magos, hechiceros, nahuales, hombres-búhos y chupagentes que muchas veces habían descendido al lugar de los muertos. Conocían la entrada de la gruta de Cincalco, en la cual se había ahorcado siglos antes el último rey de Tula. En ese sitio había vivido Huémac. Seguía viviendo aún después de su suicidio, transmutado en rey del mundo subterráneo.

Era 1519. El año en que Cortés bajó a la Veracruz e incendió sus naves. Los nigromantes entraron en la gruta. Encontraron una nube luminosa que de pronto adoptó fiera figura. Le dijeron:

—Moctezuma nos envía a besar tus reales manos y te ruega que lo recibas en tu servicio, para que te sirva de criado y barrendero.

Huémac se encolerizó:

—¿A qué viene acá? ¿Piensa que en este lugar hay joyas y oro y piedras preciosas como las que él goza allá en el mundo? Se engaña. No se puede sustraer a lo que está determinado. Que se esté quedo en le mundo y lo siga gozando, hasta que pueda.

Señalando un conjunto de sombras, agregó:

—Éstos que están en mi compañía también fueron hombres como Moctezuma. Ahora padecen lo que ven. Cuán diferentes figuras tienen aquí de las que allá tenían. Aquí todo es trabajo y miseria. ¿Cómo puede venir acá Moctezuma?

El rey azteca lloró, se desconsoló. Hizo enviar otra embajada que regresó de Cincalco con la misma respuesta. Llegaban noticias de que Cortés iniciaba el avance hacia tierra adentro. Moctezuma no quiso esperar: buscó a los mejores nigromantes de Culhuacán, mandó desollar a diez prisioneros, y le envió con ellos sus pieles a Huémac. El rey del inframundo se suavizó al fin:

—Digan a Moctezuma que me aguarde encima de Chapultepec, de mañana en cuatro días. Yo iré por él y lo llevaré conmigo. Que haga aderezar el sitio lo mejor que pueda.

Cuando el plazo se cumplió, Moctezuma abordó secretamente una canoa, acompañado por los nigromantes, aderezó el lugar de la cita y se puso a esperar en lo oscuro el momento fatídico. El Señor de los Señores, el más alto de los dioses, impidió sin embargo la llegada de Huémac. Mandó decir a Moctezuma:

—Apártate del camino que quieres tomar, el camino más cobarde. ¿Qué diremos a los que nos pregunten por ti? Les contestaremos con vergüenza que huiste, que quisiste entrar secretamente en Cincalco. Está escrito que habrás de ver lo que debe venir, y no lo puedes evitar. Vuelve a México-Tenochtitlan, hasta que fenezcan tus días.

Diego Durán, dijo Arias de Villalobos, era un hombre extraño. Pasó largos días en Chapultepec, buscando la entrada de la gruta secreta.

—¿La encontró? —pregunté con los ojos brillantes.

Arias sonrió por segunda y por última vez. El sol iba bajando a sus espaldas, el crepúsculo explotaba tras los árboles de la Alameda, envolviendo con sangre y oro las huertas lejanas de San Cosme. Dijo:

—Dejó de buscarla al enterarse que los indios acostumbraban decir "Cincalco" cuando querían decir "al infierno derechos".

Moví la cabeza varias veces, varias veces, porque no lo podía creer.

Arias estiró las piernas y se despidió. Había decidido seguir su primera pasión, su primer impulso. Un convento que le permitiera interponer un muro de tres varas entre él, siempre pálido y nada encantado con el mundo, y el espacio que los navegantes llamaban las Indias prodigiosas del Mar Océano.

Lo vi alejarse por la plaza hasta que la multitud se lo tragó. Las campanas de la Catedral no empezaron a tañer, pero me hubiera gustado que lo hicieran. Juzgué que era el momento apropiado para despedirme también de Santa Cruz de Tlatelolco. Caminé, caminé, caminé.

Cuando la ciudad quedó atrás, vi que una banda de pájaros revoloteaba bajo las nubes, formando listones negros. Recorrí sin prisa las calles del barrio, crucé el atrio, entré al templo y, al igual que la primera vez, me detuve ante *El Tormento*. En ese instante escuché, a mis espaldas, un ruido, un taconeo. No vi a nadie, pero supe que doña Beatriz había llegado a la cita.